あなたと食べたフィナンシェ

加藤千恵

あなたと食べたフィナンシェ

目次

本文デザイン　名久井直子

アンキモ――知らない食べ物

ピザとかハンバーガーがよかったのに、と思いながら、運ばれてきた生姜焼き定食の生姜焼きを食べてみて、あたしはビックリした。

おいしい。すごくおいしい。

うちでお母さんが作る生姜焼きもおいしいと思ってたけど、それとは違う料理みたいだ。お肉を口に入れた瞬間に、甘さとかしょっぱさとか、いろんなものがぶつかってくる感じ。ごはんにすごく合う。

「おいしい」

「だろ？」

作ってもいないお父さんが、なぜか得意げに言う。あたしは少し悔しくなってしまい、お母さんのもおいしいけど、と付け足した。

お父さんは魚の煮つけを食べるより先に、瓶のビールを、小さなコップにうつして、飲んだ。

「あー、うまい」

お酒を飲むお父さんは好きじゃない。普段とそんなに変わるわけじゃないんだけど、お父さんは酔っぱらうと、話したことを忘れてしまうみたいだ。楽しみにしていた約束が、お父さんの中では存在しないものになっていて、ガッカリしたことが何度もある。

でも多分、あたし以上に、お酒を飲むお父さんを嫌っている人がいる。お母さんだ。いい気なもんよね、毎晩毎晩お酒は欠かさずに。そんないやみを、しょっちゅう言う。お父さんは聞こえないふりをする。たいていは、お母さんがまた何かを言って、お父さんが聞こえないふりをしておしまいになるけど、お父さんが何かを言い返したり、お母さんの言葉が止まらなくなったりすることもある。

「久しぶりだよなあ、こんなふうに美月《みつき》とごはん食べるの」

「うん」

あたしは答える。本当に久しぶりだ。初めてではないと思うけど、前がいつだったのか思い出せない。

今日、お母さんと海斗《かいと》は、アニメ映画を観に行っている。おねえちゃんもくればいいじゃん、と海斗は言ってたけど、海斗が好きなアニメは好きじゃない。二人は映画が終わってから、あたしたちと同じように、お店でお昼ごはんを食べているはずだ。多分ファミレスかうどん屋さんかハンバーガー屋さん。お母さんと外食するときは、三つのうちのどこかが多い。

だから今日、どっか食べに行くか、と言ったお父さんが、車に乗らずに歩き出したときはびっくりした。いつも行くお店はどこも、車でしか行けない。すぐ近くだから、とお父さんは言って、なんのお店か聞いても、秘密、としか答えてくれなかった。そしてこの、「呑み処　あき」にたどり着いた。来るのも見るのも、初めてのお店だった。十分くらいしか歩いてないと思うけど、細い道をたくさん曲がったりしたし、ここから一人では帰れない。

「はい、これ、昨日の余りだからオマケ。生姜焼き、どう？」

お店の女の人（お母さんよりはきっと年上で、おばあちゃんよりはきっと年下）が、先にお父さんに、そのあとにあたしに向かって言う。おいしいです、とあたしは答えた。あらー、よかったー、と。

「おお、ありがとう。これはビール追加になっちゃうかもなあ」

「昼間っから、ほんとに、ねえ。ゆっくりしていってね」

女の人はそう言って、あたしたちのテーブルを離れて、またカウンターのほうに戻っていく。お客さんはあたしたち以外は今は二人だけだし、お店も広くはないけど、女の人が全部一人で料理を作ったり、運んだりしているのがすごいと思う。

「ラッキーだなあ」

嬉しそうにお父さんは言い、持ってきてもらった、青い線の入った、小さなお皿の中のものを食べて、うん、うまい、と言う。

ピンクみたいな、オレンジみたいな色。ハム？　でもなんか、違う気もする。

「美月も食べるか？　あん肝」

あたしがそれを見ているのに気づいてか、お父さんが言う。

「アンキモ……？」

「知らないのか、あん肝。アンコウの肝だよ。あん肝」

「食べられるの？」

アンコウは図鑑やテレビで見たことがある。あの気持ち悪い深海魚と、目の前のものが、結びつかない。キモっていうのはどこなんだろう。

「そりゃあ食べられるよ。うまいんだから。ほら」

おかしそうに笑って、お父さんは、お皿をあたしのほうに近づけた。あたしは少しだけ、それを箸でとってみる。ほろりと崩れる。口に入れてみた。

変。

最初に、そう思った。なんか変。

でも、すぐに、おいしい、と思った。温泉卵の黄身みたいな、チーズみたいな、ねっとりとした感じ。「おいしいね」

初めて食べる「アンキモ」だった。だろ、とお父さんは言う。あたしがさっき、生姜焼きをおいしいと言ったときみたいな感じで。

そのまま少し、黙って生姜焼き定食を食べた。ついていたポテトサラダもおいしかった。

お父さんがどこかを見ているのに気づいて、見てみると、お店の高いところにテレビがあって、タワーが映っていた。スカイツリーが綺麗に見えるんですよー、とテレビの中で誰かが言う。スカイツリー。東京にあるやつだ。

「お父さんの新しい家、スカイツリー、近いの？」

質問した瞬間に、よくなかった気がした。新しい家のことは、言っちゃダメな気がする。

でもお父さんは、全然よくない感じではなく、普通に言った。

「いや、近くないな。中野だから」

ナカノ、がどこにあるのか、あたしにはわからない。あたしも一歳のときに東京に行ったことがあるらしい。でももう、十年近く前だし、赤ちゃんのときだからおぼえてない。ただ、「カミナリモン」の前で、お母さんに抱っこされたあたしが写っている写真は、何回も見たからおぼえている。あれはきっと、お父さんが撮ったのだ。海斗もまだ生まれていなかった頃の、三人の旅行。

「お父さん」

「どした？」

柔らかい声で、お父さんは答える。

リコンなんてしないで。

東京なんて行かないで。

あたしも一ヶ月のうち、一週間くらいは、東京でお父さんと暮らしたい。

浮かぶことはいっぱいあったけど、どれを言っても、お父さんを困らせてしまいそうな気がした。だから言えない。言うことなんてできない。

「アンキモって、おいしいんだね」

あたしは言った。浮かんだことたちとはまるで違う。でも、おいしいと思ったのは本当だから、嘘じゃない。

「美月は酒好きになるかもなあ。いつか一緒に飲もうな。ほら、もっと食べな」

お父さんはそう言って笑った。約束だよ、と言いたくなったけど、お酒を飲んだお父さんは、話したことをすぐに忘れてしまう。あたしはちゃんとおぼえていようと思った。おぼえていて、きちんとかなえてもらわなくちゃいけないと、そう思った。

アンキモを箸でとって、口に入れる。やっぱりおいしかった。初めてアンキモを食べたことは、お母さんにも海斗にも、内緒にしようと心に決める。

いつ来るかわからないけどいつか来る
その日まで大人になっていく

台湾ソーセージ――ギャップ

「実はさ、結婚することになったんだよ」

佐々木が言ったとき、誰も驚いたりはしなかった。

「へー。いつするの？」

「結婚式はやるの？」

「あれ、今って一緒に住んでるわけじゃないんだっけ。引っ越すの？」

わたしたちが発した質問のどれにも、佐々木は答えずに、いや、おめでとうくらい言えよ、と笑った。

「おめでとう」

わたしは言い、おかわりを何にするか決めるために、メニューを手にとった。そろそろビールから切り替えたいし、料理も追加したい。

「おめでとう」

「おめでとう」

「……いいよ、もう」

まさに棒読みといえるおめでとうの言葉に、佐々木は苦笑した。

「すみませーん」

わたしは店員さんを呼ぶ。この店には呼び出しボタンなんてものはない。もとは、今日は来ていないメンバーの一人が、急に見つけ出してきた店だった。なんかすごくいいんだよ、という言葉にさして期待はしていなかったが、来てみて、確かにいい、となった。綺麗さとか、店員さんの応対とか、そういうものが過度じゃなく、居心地がいい。

朝までやっているのもポイントが高い。もう三十歳近くになり、学生時代のように、朝まで飲むということはほとんどなくなったが、いざとなれば終電を逃してもいい、という安心感があるのは大きい。駅からは少し歩くが、集まるときはここ、というのが定番になりつつある。

「はーい。お待たせしました」

「生グレープフルーツサワーと、揚げ出し豆腐と、あと台湾ソーセージ」

「はい、少々お待ちください」

手書きメニューの混沌さも、この店を好きな理由の一つだ。ゴーヤチャンプルーの隣にフランス風ポテトグラタンが並んでいたりする。そしてどれも、そこそこにおいしい。とんでもなく、ではなく、そこそこに。料理のおいしさも適度なのだ。

「なんだっけ、質問。えーとね、入籍は来月で、結婚式は予定なし。もしかしたら写真だけにするかも」

「えー、せっかくだからやりなよ」

「そうだよ、うちら、なんかあれば手伝うし」

わたしの言葉に佐々木は、頼りたくねえな、と笑った。

佐々木と彼女は、付き合って三年ほどになる。もともとは会社の同僚の紹介らしい。彼女を飲み会に呼びなよと、みんながことあるごとに誘ったが、結局今まで一度も来てくれたことはない。写真なら何度か見た。明るくてしっかりしていそうな子に見えた。

「既婚者、増えるねえ」

既に結婚している友だちが言う。今日の参加者は四人で、少なめだ。たいていは六人くらい、多いときは九人ほど。わたしは参加率が高いほうだ。おそらく佐々木も同じくらい。結婚したら、参加しにくくなるものなのだろうか。既婚者の友だちに聞いてみたくなるが、なんとなくやめておく。

「前からするって言ってたもんね」

別の友だちが言い、わたしも無言で頷《うなず》く。俺、近いうちに結婚するかも、と最初に佐々木から聞いたのは、いつだったか。やっぱりこの店だった気もするが、違うかもしれない。

「はい、お待たせしました。生グレープフルーツサワーと、揚げ出しと、台湾ソーセージね」

「はーい、どうも」

「あ、俺も生グレープフルーツサワー一つ追加で」

「はーい」

グレープフルーツを絞るより先に、薄くスライスされた台湾ソーセージの一つを、添えられたネギと一緒に、口に入れた。甘い、と思う。甘さが台湾ソーセージの特徴だ。

「これ、好きだよね」

佐々木に指摘される。いつも頼んでいたのを知っていたのか、と少し驚きながら、うん、と言った。

「俺、ダメなんだよねー。これ、甘いじゃん」

「え、それがおいしいんじゃん。それに、甘いもの好きでしょ？」

「いや、甘いものはわりと好きだし、味自体はおいしいんだとも思うんだけど。ソーセージは甘くないっていう固定観念があるから、食べるといつも、違うじゃん、って思っちゃうんだよ」

「何それ、めんどくさいな」

友だちが笑い、台湾ソーセージに箸を伸ばす。味を確認し、おいしいのに、と言う。

「ねえ。おいしいのに」

「えー、わかんないかー。裏切られた気分になるんだって、なんか」

「じゃあ」

わたしは言う。佐々木が頷き、言葉の続きを待っている。

「……見た目が甘くない食べ物のスイーツ、とかもダメそうだね」

「え、そういうのある?」

「あ、前、テレビで見た。おにぎりの見た目のケーキとか」

「えー、それは俺もいやだな」

「それはもう、騙しにきてるよね」

曖昧に笑いながら、サワーに入れるためのグレープフルーツを絞る。

本当は、別のことを言おうとしていた。

「わたしのことも、いやだよね」

大学時代から仲のいい飲み友だちとして存在してるけど、内心、報われない片思いをしつづけている。佐々木に。もしも知られたら、違うじゃん、と思われてしまうだろう。裏切られた気分になるだろう。

言えるはずなかった。

「おいしいけどな」

台湾ソーセージを食べる友だちに、だよねー、とわたしは明るく言う。いくらだって明るくできるし、いくらだって笑える。こんなの、ずっとやってきたんだから。

グラスを持つ指を見ていた　嘘じゃない
ほんとのことを隠してるだけ

塩抜きフライドポテト――ひとつだった

「ハンバーガー買ってきてもいいかな、昼」

諒《りょう》の言葉に、嬉しさとためらいを同時におぼえた。

嬉しかったのは、わたしも久しぶりにハンバーガーが食べたかったからだ。テレビCMを見て、そういえばしばらく食べてないな、なんて思っていたところだった。諒も同じようにCMを見たのかもしれない。

ためらったのは、結人《ゆいと》への影響を考えたからだ。

二歳の子にハンバーガーというのは早すぎではないか。だとすれば結人の昼食だけ別で用意することになってしまう。でも、親が食べているのを見れば、自分も同じものを食べたいと主張するだろう。結人はパンが好きだし、自分だけパンを食べられないというのは納得いかないに違いない。昼寝をさせてから食べるというのもありか。いや、昼も夜も寝つきが悪いし、途中で目が覚めてしまうかもしれない。

それに、別で用意といっても、簡単に準備できるものが浮かばない。ごはんを今朝ちょうど食べ終えてしまったところだ。麺類は何かあったっけ。パスタならあるか。でも、具材はどうしよう。それにやっぱり、自分だけパスタなんて、いやあだ、と言うだろう。それどころか泣き出すかも。

答えずに、頭の中で考えを巡らせているわたしの様子に気づいてか、諒が言う。

「食べたくない?」

「いや、結人が。身体に良くないかなあって」

「え、いいでしょ。もう二歳半過ぎてんだし。市販のパンとか食べてるし、外食もしてるんだから」

確かに、と納得しかけるが、でもいいのだろうか、とやはり心配になる。ファミレスはよくてファストフードがダメなんて理屈はないわけだけど、自分の中で、なんとなく線引きがあるのかもしれない。たった今、この瞬間まで気づいていなかったが。

結人はブロックに夢中になっている。最近、うまくはめられるようになったのが嬉しいらしくて、よく遊ぶようになった。以前まで半ば飾りと化していたが。みて、とこちらを呼んだり、何かを手伝うように頼んでくることも多いのだが、一人でも少しずつ遊べるようになってきてくれたのが、助かる。

もう赤ちゃんじゃないんだよな、と思う。緑や白や赤や黄色。ブロックの色を、間違えずにどれも言えるようになったのは、つい最近のような気がするが、いつだったっけ。

スマホをいじっていた諒が、あ、と声をあげた。

「これ見て」

そう言って見せてきた画面には、「ポテトの塩抜きもOK！　たまには家族でハンバーガーを食べよう！」というタイトルの、おそらく個人ブログの記事が表示されていた。

「塩抜きなんてできるんだ」

「やっぱり、子ども用にいろいろ考えてることなんじゃない？　これ書いてる人は、子どもが一歳のときから食べてるってことだし。大丈夫だよ。そんなに気にしなくても」

「まあ、たまにだし、いいのかな」

「そうだよ。じゃ、俺、ちょっと車で行ってくるから、何買うか選んでおいて」

「え、待って」

わたしはメニューを見るために、急いで自分のスマホを手にする。

「おいしいー」

結人が嬉しそうに声をあげる。もう三回目だ。普段、わたしが作ったごはんに対して、同じようなリアクションをとることはめったにない。可愛いとも思うが、複雑な気持ちもよぎる。

予想に反し、ハンバーガーよりも、フライドポテト（塩抜き）のほうが、結人の口に合ったようだ。常に口に入れている。すべて食べてしまいかねない勢いなので、わたしも一緒に食べる。塩抜きといっても、味がないわけではない。ほんのりとしょっぱさを感じる。

そういえば、フライドポテトばかり食べていたな、と思い出す。結人を妊娠中だったときだ。

つわりがあり、食の好みが完全に変わった。妊娠前に好きだった食べ物の多くを受け付けず、トマトやサンドイッチといった、軽いものばかり食べていたのだが、なぜか強烈に、フライドポテトが食べたくなっていた。

店に買いに行くと、匂いで気持ち悪くなってしまうので、ポテトだけを諒によく買ってきてもらった。いくつかあるハンバーガーチェーンの中で、もっとも気に入っていたのが、今日のお店だ。

「ポテト、よく買ってきてもらってたよね」

「あ、俺もさっき、店行ったときに思い出してた。不思議だよなー。結人の好みだったのかな。結人が食べたい食べたいって思ってたのかもね」

そう言われ、思わず、結人に目をやる。詳しい内容はわからないはずだが、自分の話なのは伝わったのか、ポテトを持つ手を止めて、こちらを見る。

「おいしいね」

わたしは言った。結人は安心したのか、また嬉しそうにポテトを食べる。

「でも、トマトは嫌いだから、別に子どもの好みってわけじゃないんじゃない？」

「ああ、そっか」

わたしの言葉に、諒が納得する。

早くも遠くて薄れはじめている、妊娠中の記憶。それでも毎日のように、どんな子なんだろうな、と思っていたのを憶えている。

こんな子だったんだね。

わたしは心の中で、目の前の結人に話しかけてみる。少したれた目。すぐに下がってしまう眉。たくさんのことを話せるようになって、そして今、あの頃わたしが食べていたフライドポテトを食べている口。

見るからに柔らかく、たれさがっていたほっぺが、いつのまにか、少しだけしゅっとしたように思う。ずっと見ているようでも、気づかないうちに、成長していく。こんなに大きい子を、お腹の中に戻すことはできない。もう、ひとつではないのだ。とっくに。

「えっ、どしたの」

諒が驚きの声をあげたことで、わたしは、自分が泣いていることに気づく。

「ごめん」

わたしは手の甲で、涙をぬぐった。一体どう説明すればいいのだろう、と思う。自分でもうまく理解できない涙の理由を。単純な嬉しさとも喜びとも違う、だけどけっして寂しいわけじゃない、この気持ちを。

「ママ、いたいたい？」

結人が言う。

「ううん、痛くないよ。ごめんね」

わたしはおしぼりで手を拭いてから、結人の頭をなでた。サラサラの髪の毛。

こんなふうに一緒にフライドポテトを食べる日が来るなんて、つわりで苦しんでいた頃のわたしは、想像もしていなかった。

ずっと会いたかったんだよ
本当にずっと会いたいと思ってたんだ

バインミー――息をする

一人の部屋はこんなにも静かなものなんだな、と驚いてしまう。もう何年も住んでいる部屋だというのに。

習慣でつけっぱなしにしているテレビと、用もなく触ってしまうスマホの電源を切ってしまおうと思ったのに、たいして深い理由はない。実験的なものだ。いつまでかも決めていない。さっきから実行してみているが、普段ならまったく気にしていない冷蔵庫の音が、やけに大きく響く。壁掛け時計はちょうど夜の八時を示している。時計の秒針が動く音も、時々耳に飛びこむ。

ソファに腰かけたまま、以前数回行ったヨガで習った、腹式呼吸をためしてみる。息を鼻から吸って、口から出す。やり方はうろ覚えだし、正しいかもわからないけれど、続けていると、確かに少し落ち着くような気がする。目を閉じた。

ヨガも通うつもりで回数券を買っていたのに、結局やめてしまった。行く予定の日がどしゃ降りで、面倒になってしまったのだ。あの回数券は、どこにやっただろうか。腹式呼吸を続けながら、わたしは考える。おそらく捨ててはいない。期限はとうに切れているだろうけれど。部屋の片付けもやらなくては。そのうち、そのうち、と思っているうちに、時間があっというまに流れ、季節が変わりつづけている。平日は会社に通い、休日は自宅でダラダラ過ごしているあいだに。たまに行う掃除は、整頓というよりも、物の移動だなと感じることもある。

自分の出す呼吸音に集中していると、そうしたことも考えなくなってくる。ただ音とわたしだけがある、そんな感覚。ただ繰り返す。

ずいぶん長いあいだ続けていたように感じたけれど、目を開けて時計を確認すると、十分ほどしか経っていなかった。

置いていたマグカップの中のお茶を飲む。中国茶だ。前に友だちからお土産にもらったものだが、棚にしまったままになっていた。何か知っているものの香りがするのだが、それが何か思い出せない。体に入っていくあたたかな液体が、やけに優しく感じる。パンダが描かれたマグカップは、少し前に別れた人からもらったものだった。これを使うのも久しぶりだ。

マッチングアプリで知り合ったその人と、付き合っていた一年ほどのあいだに、会った回数は十回くらいじゃないかと思う。彼は忙しく、土日出勤も多かった。一度だけ一緒に旅行したのだが、近場の温泉で、そこで彼は眠ってばかりいたので、さして特別な記憶にはなっていない。別れを切り出したのはわたしのほうだったが、彼も意外がってはいなかった。

自分がそんなに悲しくないことが、むしろ悲しかった。またこれから新たな誰かと知り合って、お互いについて打ち明けあい、近づいていくというプロセスを思うと、面倒で仕方ない。そのプロセスを楽しめそうにないことも、そもそも新たな誰かが見つかるのかということも、考え出すと途方に暮れそうだ。

マグカップの横、お皿にのせたバインミーに、今度は手を伸ばす。

会社帰りに、駅前のベトナム料理店でテイクアウトしてきたものだ。フランスパンにレバーペーストや野菜やパクチーが挟まれているバインミー自体、大学生のときからの大好物なのだが、最近は食べていなかった。付き合っていた彼がパクチーを苦手としていたのは、あまり関係ない。家の方向とベトナム料理店が、反対の出口なのだ。今日は帰りの電車の中で、たまには買ってみよう、とひっそり決意していた。

かじるというよりも、思いきりかぶりつく。レバーペーストも野菜もたっぷり入っているので、どうしてもこぼれそうになる。甘酸っぱさや塩気が、口の中で一瞬にして混ざり合っていく。

おいしい。

やっぱり好きだな、と思ってから、今度はパクチーが好きな人を探そう、と考える。さすがにプロフィール文に書くわけにはいかないだろうけれど、とも。

これを食べ終えたら、またしばらく腹式呼吸をやってみよう、と思う。気づかないうちに生じていた自分のゆがみが少しずつ、ほぐれていくような気がした。

生活はそんなに上手なほうじゃない
猛スピードで季節は変わる

だし巻き玉子――なまごろし

断る理由なんて、いくらでもあるのだ。

指定された場所はうちから行きにくいし、今から行ったってどうせ彼は終電で帰ってしまうから少ししか会えないし、明日も仕事だし、もうとっくに入浴を済ませてスッピンだし。

むしろ断らない理由のほうがないくらい。

どうかしている。

そう思いながら、タクシーの後部座席で、必死になって眉毛を描いているわたしは、もはや病気に近い。

信号が青になり動き出す。片方の眉しか描けていないが、動いているあいだは無理だ。また赤信号を待つ。

いま忙しい？

そうメッセージを送ってきた彼は、わたしが断ることなんて、万に一つも考えていない。そして実際わたしは、どこにいるの？　と、秒速で返している。駆け引きなんて考えられない。だって早く会いたいから。


「おお、はやーい」

向かいに座るわたしに、彼は茶化すように言う。

「タクシーで来たもん」

「まーじで。すごいな」

誰のためだと思ってるの、と言いたくなるけど、そんなのは彼だってわかっているのだ。タクシー代出そうか、なんて言葉は出てこない。当然だ。わたしより四つ年上の彼は、わたしよりずっと貧乏で、ずっとお金に困っている。

「レモンサワーください」

おしぼりを持ってきてくれた、やる気のなさそうな店員さんにそう伝える。わたしたちよりもずっと若い、おそらく大学生くらいの男の人。こんな大人にならないようにね、とわたしは思う。こんなって、わたしも、彼も、両方。

「何してたの、ここで」

別に何も。

「別に何も」

言い方を含め、頭の中で想像したのと、一ミリの誤差もない言葉を彼が発する。そんなわけないのに。ここは彼の家からもそんなに近くない。どうせ、バンドがうまくいっていないか、バイトがうまくいっていないか、好きな人との関係がうまくいっていないか、という背景があって、ここにいるはずなのに。

さっそく運ばれてきたレモンサワーを口にする。薄い。

「りっちゃんは優しいよね」

そう彼が言う。

優しいなんていう言葉で、こちらの恋愛感情を封じこめようとする彼は、全然優しくないと思った。どこでも誰にでも同じはずがないのに。どうしてわたしがわざわざ来ているのか、そんなの絶対にわかっているはずなのに。

「優しくないよ」

わたしは言い、彼が頼んだはずなのに、ほとんど手がつけられていないテーブルの上の料理のうち、だし巻き玉子に手を伸ばす。一切れしか減っていない。醤油がかかった大根おろしをのせて、一切れをそのまま口の中に入れた。

「一口でいくと思わなかった」

彼が笑う。笑ったときの口の上がり方が左右非対称で、それは今に始まったことじゃなく、とうに知っているのに、やっぱり好きだ、と新鮮に思ってしまう自分が情けなくもあった。昔激しい兄弟げんかをしたせいで、生えてこなくなったという右の眉毛の途切れたような部分まで愛おしいのが。

だし巻き玉子は、すっかり冷えていて、妙な甘さがあって、あまりおいしいとは感じなかった。口の中で何度か噛む。

いっそ一度くらいセックスしてくれればいいのに、とわたしは思う。そうすれば、その思い出に浸って、しばらくやっていける気がする。あるいは全然良くなくて、この好意が一瞬で冷めてしまうかもしれない。どっちだとしてもいい。離れられる。

だけど彼はそうしない。

生殺し、という言葉が浮かぶ。だけど浮かんでいながらも、離れていかないのは、わたしだ。

だし巻き玉子を飲みこむ。まだ口の中にはいくつもかけらが残っているのがわかる。レモンサワーで、かけらを少しでも流そうとする。

「玉子のお寿司って、子どものときは好きだけど、大人になると食べなくなるよね」

わたしが言うと、彼が、驚いた顔をする。

「え、おれ、今も超食べるよ」

「え、わざわざ？　セットに入ってたら食べるけど」

「回転寿司で頼むもん。なんなら二回くらい頼むときもある」

「えー、知らなかった」

わざわざ何千円もかけてタクシーに乗って、こんな話をしに来たわけじゃないのに、と思う自分と、知らなかった彼の情報を知ることができて、喜んでいる自分がいる。彼のことが好きなのだ。どうかしている。

おかしいって自覚している
目の前で彼が動かす指を見ている

いももち――しずばあのこと

　放課後はしずばあのお家に行くことが多い。ピンポンを押しながらもう、玄関のドアを開けている。しずばあも、いちいち、どなた、なんて言わない。あたしが入ってきたのを見ると、あらあ、と嬉しそうに言う。いつも。

　しずばあのいる茶の間に、ランドセルを置くと、トイレの前で手を洗ってから、また戻る。手を洗ってえらいねえ、としずばあはほめてくれる。いつもいつも。

「さ、お嬢さんに何をお出ししましょうかね」

　しずばあはあたしのことをいろんな呼び方で呼ぶ。愛ちゃん、とか、あーちゃん、とか、名前をそのまま呼ぶこともあるし、今みたいに、お嬢さまとかお嬢さん、とかいうこともある。愛さま、なんてことも。

「いももち、ある?」

あたしは訊ねる。

「はいはい。じゃあ、こしらえましょうかね」

こしらえる、という言い方も、しずばあからしか聞いたことがない。だからちょっとおもしろい。

作るのに時間がかかるから、あたしも台所についていく。スーパーで売ってるアーモンドチョコレートとかクッキーとか、そういうのを出してもらうときもあるんだけど、いちばん多くて、あたしが断然好きなのは、いももちだ。

ここの台所には、いつもじゃがいもがある。袋の中から、小さいの二つと、大きいの一つを取り出し、水で洗うと、しずばあは包丁で皮を剝いて切っていく。

もう何度となく見ているから、このあとの流れはわかっている。小さなお鍋に入れて、水を入れて、柔らかくなるまで茹《ゆ》でる。お湯を全部捨ててから、木の棒でつぶして、片栗粉を入れて混ぜる。それを丸くして、フライパンで焼いてから、砂糖じょうゆのタレをかけて食べるのだ。甘いタレがすっごくおいしい。

しずばあは、いろんなことをゆっくりやる。洗うのも剝くのも切るのも。全部ゆっくり。なんだかここにいると、時間が流れるのが、学校や家にいるときとは、違うように感じる。

しずばあのお家に通っていることは、パパとママには言っていない。言っていたときもあるけど、ママに、あんまり行かないようにね、と言われてしまったから。怒ってはなかったけど、怒りそうな声で。学校のお友だちと遊んだらいいじゃない、とも言われた。あたしだって、もしも友だちがいるならそうしてるのに。なんでなのかわからないけど、三年生になった今は、もう友だちがいない。前に友だちだった子とも、全然話さなくなった。あたしが話しかけても無視されてしまう。イジメってほどじゃないのかもしれないけど、とにかく面倒くさい。早く小学校をおしまいにしたいなって考えてる。

「茹でますよー」

しずばあが、切ったじゃがいもを鍋に入れていく。そこに蛇口から水を注ぎ、火にかける。

しずばあは学校のことは何も聞かない。ここではそんなに話さない。一緒におやつを食べて、テレビの時代劇を見る。たまに新聞の間違い探しをしたりすることもある。夕方になったら家に帰る。ここの時間は、おしまいにしたいと思うことがない。

玄関のほうで音がする。あたしが先に気づいて、それからしずばあが気づいて、振り向く。

「愛も来てたのか」

そこにいたのは、やっぱり、おじいちゃんだった。おじいちゃんも時々ここに来る。あたしはたいていいるのに、おじいちゃんはあたしを見るたびに、ちょっと驚く。

「今、いももち作ってるんだよ」

あたしが言うと、おじいちゃんは、おおよかったなあ、と嬉しそうに言った。

その声であたしも嬉しくなる。


「静江さんのとこ、売りに出すって」

そう切り出したのは父親だった。

「売れるのかしら、あんな古い家」

「そのまま売るわけじゃないだろ。取り壊して、土地だけにして売るんじゃないの」

「取り壊すのもお金かかるじゃない。誰が出すの？」

「俺に聞かれても知らないよ。甥っ子だか、その子どもだかが持ってるんじゃないの。あんなところ、ずっと持っててもしょうがないだろ」

「でも、買う人いるのかしらね。あそこの通り、狭いし。車すれ違うのも難しいわよね」

通りが狭い、と言われて、思い当たる場所があった。そして、静江さん、という名前が、記憶の中でつながる。わたしは叫ぶように訊ねた。

「しずばあのお家のこと？」

一瞬、父親と母親が顔を見合わせた。

「そう。そういえば、愛、昔なついてたわよね。しずばあ、しずばあって」

「しずばあ、もう、住んでないの？」

「とっくに亡くなったわよ。もう三年くらい前かな」

「えっ」

わたしは驚いてしまう。三年前ならば、わたしが中学二年生のときだ。何も知らなかった。お葬式にも行っていない。

「にしても、親父、いくらつぎこんだんだろうな」

わたしの驚きになんてまるで気づく様子はなく、父親は話しつづける。

「結局、あの家だって全部建ててやって、飲み屋のときからずっと金出しつづけて。おかげで全然残ってないし」

「仕方ないでしょう、お義父《とう》さんがそうしたかったんだから。あ、お味噌汁いる？」

「ああ、もらおうかな」

短いやりとりから、しずばあとおじいちゃんが、どういったつながりだったのかを察する。

「愛は、お味噌汁もういい？」

「うん、もういい」

そう答えるので精いっぱいだった。本当はもっと聞きたいことがあるが、別に知らなくていいの、と言われるであろうことがわかっていた。

自分の部屋に戻って、しずばあの家で過ごした時間を思い出す。

記憶はどんどんあふれ出ていく。むしろ、この何年間も、まるっきり思い出さずにいたのが不思議なくらいだった。しずばあの声、しずばあの皺《しわ》だらけの手。

おじいちゃんの愛人だったのだと知ると、納得できる部分がいくつもあった。あの家に来るのはおじいちゃんだけだった。おばあちゃんはけしてやってこなかった。前髪も後ろ髪も長く、すべてをまとめて結っているしずばあの、そこはかとなく漂う色気。当時、色気なんて言葉はわかっていなかったけれど。しずばあとおじいちゃんが話すときの雰囲気。

遠い親戚のようなものなのだ、と思っていた。けれど葬儀や親戚の集まりといったものに、しずばあは一切現れなかった。あんなに近くに住んでいたのに。

おじいちゃんはわたしが中学に上がった年に死んだ。おそらくおじいちゃんのお葬式にだって、しずばあは来ていない。

おばあちゃんは今、施設に入っている。もうあらゆることを忘れてしまっているし、会いに行っても、話したりはできない。

おじいちゃんが死んだ次の年に、しずばあも死んでいたのだ。あの家でなのか、病院でなのかは、わからないけれど。

わたしが最後にしずばあに会ったのは、いつなのだろう。なぜ行かなくなってしまったのだろう。肝心な部分は思い出せない。確かなのは、最後までわたしはしずばあが好きなままだったし、しずばあもそうであったと思う。

しずばあの、台所での姿を思い出す。いつも作り方を教えてくれたいももちを、今までに一度も作ったことがない。今度作ってみようと心に決める。でもきっと、あんなにおいしくはできない。

二度と聞くことのできない
柔らかな声が頭の中で響いて

フレンチトースト——別の部屋みたい

　チャイム音ではなく、玄関のドアが直接開く音がしたので、悟だとわかった。雑巾を動かす手を止めて、顔をあげると、部屋につながるドアが開き、立っていたのはやはり悟だった。

　鍵開いてるの不用心じゃん。

　そんなふうに言われるかと思ったけど、悟は、おつかれ、と言っただけだった。

「……うん」

　おつかれ、に返す言葉は難しい。同じように、おつかれさま、でもいいのかもしれないが、なんとなく不自然なようで。

「めっちゃ綺麗になってる。ここまで丁寧にやらなくてもいいんじゃないの」

「まあ、一応」

わたしは言い、座る。フローリングの固さをお尻で感じる。

「広いね、全部なくなると」

「そうだね」

「別の部屋みたい」

わたしもそう思っていた、と思う。

段ボールは昨日、すべて運び出された。今日の午後三時以降に新居に到着することになっている。

「あ、これ。腹減ってるかと思って」

悟が持っていたビニール袋をさかさまにして、すべて中身を出す。ペットボトルが二本と、パンが三つ、おにぎりが一つ、サンドイッチが一つ。低い場所からだったけれど、ペットボトルが落ちるとき、がた、と鈍い音がした。

「ありがとう。手洗ってくる」

「あ、おれも」

二人で狭い台所に並んで、順番に手を洗う。わたしよりも背が高いな、と、既に知っていることを改めて思う。何度となく触れた背中も手も髪の毛も、こんなに近くにあるが、ものすごく遠い。

「昼飯、まだでしょ？」

「うん」

答えてから、時刻を確認するために壁掛け時計に目をやり、そこには何もないと気づく。床に置いていたスマートフォンで時間を見た。十一時半を過ぎたところだ。朝九時前にはここに着いたので、気づけば二時間以上作業していたことになる。

十二時頃に行きます、と管理会社の担当に言われている。

「どれ食べていいの？」

わたしは訊ねた。どれでもいいよ、と答えるに違いないと思いつつ。

「どれでもいいよ」

言い終わらないうちに、パンの一つを手にとった。フレンチトースト。この部屋での複数の記憶がよみがえる。同じ記憶を持っているはずの悟は、まさかそれで選んだのだろうか、と思って、話しかける。

「フレンチトースト、一時期、よく作ったよね」

「ああ、作ったねー。なつかしいな」

声に驚きが含まれていて、どうやらわかっていて選んだわけではないらしい、と知る。少し寂しく感じられたが、わたしとの記憶を全部大切に保存しているなんて無理だろうし、そうしてほしいわけでもなかった。

前の晩から牛乳と砂糖（かハチミツ）にひたしておいたパンを、やっと起きだした、お昼に近い時刻になって焼くのは、たいてい悟だった。わたしはただ、ベッドの中で待っているだけでよかった。できたよー、という声と、部屋中に漂う甘い香り。あれは去年だったか、一昨年だったか。いつからフレンチトーストを作らなくなったのか、もう思い出せない。

コンビニのフレンチトーストは、あの頃食べていたフレンチトーストとは、食感も味もまるで異なっていた。あまりおいしくない、というのが感想だった。あの頃、おいしい、おいしい、と繰り返しながら食べていたものとは、名前だけが同じ別物だ。

サンドイッチを食べている悟に、あの頃の話をしたくなったが、パンのかたまりと一緒にのみこんだ。だって、話したところで、どうなるというのだろう。悟はもう、わたしの恋人ではない。管理会社の立ちあいに同席してくれるというだけで、それが終わればまた、新しい部屋に戻っていく。わたしが暮らす新しい部屋に訪れることはない。

「もう一つ食べていい?」

フレンチトーストを食べ終え、わたしは言った。いいよ、と答えるに違いない。

「いいよ」

悟は言う。恋人だったときと同じように、優しい声で。

亡霊になれそうなほど膨大な
記憶の波にただよっている

トムヤムクンヌードル——うずまいている

「お水、飲む」

少しウトウトしている様子だった大雅《たいが》は、そう言って布団から、上半身をゆっくりと起こす。眠りたいのに眠れないらしい。話し方もいつもより拙《つたな》く感じる。

「お水？　ちょっと待ってね」

すぐそばに置いてあった、氷水の入ったプラスチックカップを手渡す。機関車トーマスの絵柄がついているのだが、もう三年くらい使っているので、ところどころ剝げかけてしまっている。

受け取って、少しだけ飲むと、もういい、と大雅は言い、こちらにカップを返してきた。そしてまたゆっくりと横たわる。

いつもの寝室ではなく、テレビの前に布団を敷き、子ども向けチャンネルをつけっぱなしにしている。たまにちらちらと目をやっているようだが、笑ったり、それについて話したりすることはない。それでも気晴らしにはなっているのか、テレビは消さないでほしいと言っていた。

ちょっとしたスペースがあるならば走り回り、少しでも高い場所があるならば喜んで飛び乗るようないつもの五歳児の姿とは、似ても似つかないその様子に、かわいそうになる。

起き上がったことで落ちてしまっていた、ミニタオルに包んだ保冷剤を、またおでこにのせる。つめたい、と少し嬉しそうに大雅が言う。首筋に触れると、熱さに驚いてしまう。朝から何度も触れているのに、そのたびに。さっき病院で測ったときには、三十九度を超えていた。しんどそうなので、帰宅して早々に、解熱剤としてもらったばかりの坐薬をいれたが、なかなか効きそうにない。

髪の毛をそうっとなでる。柔らかい。

十二時半を過ぎたところだ。いつもならば昼休み。林さんや若田さんは、わたしのことでも話しているだろうか。ひととおり子育てを終えた彼女たちは、悪口を言うわけではないだろうが、今の子は弱いから困るわよねえ、程度のことなら口にしそうだ。そこから派生して、普段のわたしの勤務時間の短さや、以前、決算直前の繁忙期に休んでしまったことを話題にするかもしれない。

そして泰臣《やすおみ》からは何も連絡がない。おそらく昼休みになっているはずなのに。

予想通りではあるのだが、苛立ちをおぼえてしまう。様子はどうとか、病院でどう言われたとか、訊ねてくることはいくらだってあるはずなのに。

多分こちらから連絡すれば、さほど時間を置かずに返事が来るだろう。病院で検査したらインフルエンザもコロナも陰性だったよ、でもかなりしんどそう、と言えば、心配する内容の返事があるだろうし、電話をかけてくるかもしれない。だけどこちらから送るのが、なんだか釈然としないのだ。病気の大雅の面倒をみるのは、わたしの担当なのだと決まっているかのようで。

本当は、決まってなんていないはずなのに。

昨日の夜の時点で、不調は始まっていた。しんどそうな様子で、夕食も珍しく残した。大雅の好きなものばかりだったのに。おかしいと思って熱を測ると、三十八度近かった。それを伝えると、泰臣は言った。

「明日は休ませるしかないんじゃない？」

心配そうではあったし、冷たく響いたわけでもない。ただ、自分が休んで面倒を見るなんていう可能性は、これっぽっちも含まれていないのだな、とわかった。

実際、わたしが出勤し、泰臣が休みをとって面倒を見るなんて不可能だろう。大雅はどういったものなら食べるのか、どうすれば寝やすくなるのか、薬はどうやってのませるのか、何が必要なのか、彼は何も把握できていない。

それでも、万が一の可能性を残しもしなかったことに、わたしは内心苛立っている。大雅が体調を崩してしまうのは仕方ないことなのに、それすら割り切れずにいる。

わかっている。わたしよりも泰臣のほうが、仕事内容も重要で、急な休みがとりにくく、給料もずっと高い。わたしの場合、結婚前から勤めていた会社ではなく、育児のしやすさを念頭において、再就職した会社だ。それでも。

熱が下がってから二十四時間経たなければ、保育園には登園できない。今朝熱があった時点で、今日も明日もわたしが会社を休まなければならないことは決定していた。

夜には熱は下がって落ち着いてくれるだろうか。どうかそうであってほしい、と願いながら、また髪の毛をなでる。

泥棒みたいだな、と思いながら、台所の棚をそうっと探る。やっと寝ついた大雅を起こすようなことは、絶対にあってはならない。テレビも消した。

午後一時。二時間くらいは眠ってくれるだろうか。いや、そんなに長くは眠れないか。昨夜も何度となく目覚め、そのたびに起こされた。発熱時には悪夢を見てしまうのか、寝ながらうなされているような瞬間もあった。同じ部屋で眠る泰臣が、どうして起きないのか、不思議になるくらい。

取り出したカップ麺は、トムヤムクン味のものだった。いつ買ったのかおぼえていない。でもそんなに古いものではないはずだ。わたしはケトルに水を入れ、火にかける。そのあいだにカップ麺のビニール包装をはがしていく。スープは先に入れて、シーズニングオイルは最後に入れるらしい。

朝に大雅が食べなかったバターロールを一つ食べたものの、空腹はかなり強まっている。

準備を終え、お湯が沸くのを待つ。目覚めていませんように、と願う。寝室に置いてきたスマホのことを思う。おそらく泰臣からの連絡はない。

子どもなんてすぐに大きくなるからね、小さくて可愛いのなんて、本当に一瞬よ。

そう前に言って笑っていたのが、林さんだったか若田さんだったか思い出せない。どちらでもしっくり来る。

ケトルから発される音の種類が変わる。笛のような音が鳴ってしまう前に火を止める。完全に沸騰しきっていないかもしれないが、別にいい。

内側の線までお湯を注ぎ、カップ麺の蓋を閉じる。近くにあったコースターを上に置いた。

一瞬。確かにそうなのかもしれない。たとえば、あんなに眠らずに困っていた乳児時代だって、過ぎてしまえばわずかなものだった。その最中にいるときには、永遠にも感じられていたけれど。

台所には時計がないし、スマホがないから、時間がわからないことに気づく。マグネットで壁に貼り付けているタイマーを、五分にセットしてスタートする。必要な時間は三分だ。残り二分のところで消そう。タイマー音で大雅が起きてしまっては困る。

大雅の夕食はお粥を作っておかなくては。卵と、玉ねぎ、人参。あと野菜は何があったっけ。朝も昼も食欲がないらしく、フルーツ味のゼリー飲料くらいしか口にしてくれなかったが、夜には少し食べられるようになってくれるはずだ。そう信じたい。

昨夜全然寝ていないから、ごはんを食べたら、わたしも少し眠りたい。大雅が長く眠ってくれますように。

残りが一分四十秒になっているタイマーを止める。

立ったままでカップ麺を食べる。オイルを入れる瞬間に、オイルは蓋の上であたためておくという表示内容に気づく。けれど問題なく混ざってくれた。タイ料理店のような匂いが漂う。

カップ麺なんて久しぶりだな、と思いながら、麺を口まで運ぶ。すすりながら、辛みと酸味が口の中に広がっていくのを感じる。思いのほか本格的だ。飲み物をいれるために、一旦カップ麺とお箸を、流しの調理スペースに置く。おいしい。

辛い。おいしい。酸っぱい。おいしい。辛い。

苛立ちと心配と焦りと、他にも言葉にできないいくつもの感情が、自分の中で渦巻いている。だけどどれも本当で、どれもまぎれもなくわたし自身の感情だった。

グラスに、作り置きしてあるジャスミン茶を注ぐ。寝室に戻って、泰臣から連絡が来ていないようなら、こちらからメッセージを送ろう、と決める。今日の大人の分の夕食は、帰りにコンビニで買ってきてもらわなければならないし。

泣くほどの気持ちでもない
ひとことで言い表せる言葉が欲しい

ぶどうグミ——意味わかんない

「微妙に暑くない？　ここ」

「ね、暑い。三年いなければいいのに」

いつものようによく通る声で桜香《おうか》が言ったとき、あたしは素早く周囲を見渡した。もし三年生がいたらやばすぎる。でも近くには、死んでるみたいに居眠りしてるおじいさんがいるくらいで、誰もあたしたちの話を聞いてるような人はいなかった。

市民ホールの入り口っていうのか、ロビーっていうのか、とりあえずテーブルとイスだけいくつか置いときますからね、みたいな空間にあたしたちはいる。今日はすぐ近くの市立図書館の自習室で、夏休みの宿題を進めるはずだったけど、三年の女子が次々来るので、慌てて移動した。別に美術部の先輩ではないし、あたしたちのことを知らないとは思うけど、もし知ってる人が来たら困るし。っていうか学校の話とかしにくくなるし。

これだったら美術部の練習に顔出したほうがよかったかもと思ったけど、学校に行くには今日も朝から暑すぎる。異常気象だ。ここまではチャリで来たんだけど、朝塗った日焼け止めなんてまるで効いてないって肌でわかるくらい、刺すみたいに日差しが当たっていた。

もっと涼しい場所に行きたい。だけどここから近いファミレスもファストフード店も、テーブルでテキストやノートを広げると、店員がすぐにやってきて、勉強はご遠慮くださいねー、と声をかけてくる。イオンのフードコートなら大丈夫なんだけど、ここからだとイオンまではチャリで四十分以上かかる。この暑さでその移動は無理だ。さっきまでさんざん桜香と話し合い、結局ここにいるしかないのか、という結論にたどり着いた。だけど暑い。広げたテキストは、何も進まない。っていうかもはや見てもない。

「ねえ、グミ食べる？」

桜香があたしに袋を差し出してくる。あたしたちのテキストで挟まれたテーブル中央には、「こちらでの飲食はご遠慮ください」の文字が書かれたプレート。でもまあ、グミなんて飲食に入らないよね、と思い直し、あたしはぶどうの形のグミを一つつまむ。桜香はグミが好きだ。いつも何種類か持ってる。

口の中に入れた柔らかなかたまりは、一度噛むだけで、じわっと液体を滲《にじ》ませる。ぷにゅり。甘さと強いぶどうの匂いを、あたしは静かに受け止める。

「っていうかさあ」

桜香はトートバッグからペットボトルのお茶を取り出し、飲んで、そう言う。もはやプレートなんて見えてないらしい。突っ込もうかなと思ったけど、うん、と話の続きを待った。

「あたし、転校することになったわ」

「はっ？」

変な声が出た。転校？　転校って言った今？　グミをのみこみかけた。

「うちの親、超仲悪いっつってたじゃん。お父さん浮気してるっぽいって。やっぱ浮気だったみたいで、もう別れるって。あたしも妹もお母さんについて、じいちゃんとばあちゃんの家に引っ越す」

そう言って桜香が口にした地名は、超田舎で、超遠い場所だった。そこに、桜香が引っ越す？

「それ、いつ？」

「夏休み明け」

「いや、すぐじゃん」

「そう、すぐ」

「意味わかんない」

「意味わかんないよ、あたしも」

あたしは思わず、桜香の顔を見た。おでこと鼻の頭に汗をかいてる。あたしもきっとかいてるんだろうなと思った。

夏休みは始まったばっかりだけど、とはいえあと一ヶ月くらい。そしたら桜香は引っ越す？　で、二学期からは桜香のいない中学校生活？　いや、意味わかんないよ、やっぱり。だっていっつもあたしたち一緒じゃん。ずっと話してて、ずっと笑っててんじゃん。え、藤田に告白とかしなくていいの？

頭の中ではいろんなことが出てくるけど、なんでか言葉にならない。

行かないでよ、と思う。でも桜香のほうが、あたしがそう思うよりもっと、行きたくない、って思ってる。多分。だって田舎とか好きじゃないはずだし。

なんで桜香のパパは浮気なんかしてんの。やばいじゃん。離婚とかしないでよ。めちゃくちゃ謝って許してもらいなよ。桜香のママも許してあげなよ。

あたしたち、市民ホールの入り口で、どうしていいかわかんなくなってる。どここにも行く場所がない。いろいろわかってるし、できることもたくさんあるのに、桜香は子どもだから、お金なんてない。あたしも同じ。あたしの家に住みなよって言ってあげたいくらいだけど、そんなの許してもらえない。

やばい。わかんない。どうしよう。

なめてたグミを、また噛んだ。さっきほどじゃないけど、液体がちょっと出る。柔らかい。だけどきっとすぐに、なくなってしまう。もうすぐ。

たった今あたしが抱えてる気持ち
大人になれば全部わかるの？

サーロイン特製ダレ――目を閉じて

戸田が言う。

「やっぱりさ、いい塩って、最高の調味料なんだよね。こういうところで、店の良し悪しがはっきり出るよね」

うるせえ、口に肉が入っている状態でしゃべんな、と思いつつ、わたしは赤身肉（シンシンという部位だと説明を受けた。このあいだもそうだった気がするけど、違うかもしれない）をのみこみ、ビールを数口飲んでから、頷いて言う。

「本当においしいですね。塩だけでこんなにおいしいなんて。初めて食べたかも」

初めてじゃない、今月だけで三回目だし、十日前だってこの店だった。なんでおっさんは焼肉が好きなんだろう。だけどここは、店員さんが焼いてくれる店だからずっといい。たとえ専用のトングを使っていても、こいつに肉を焼かれるのはいやだ。一気に食欲が減退する。

「え、初めてなんだ。りほちゃんなら、いいお店行き慣れてるかと思ったよ」

「全然です。普段は弟と、家で作ったチャーハンとかばっかりで。戸田さんにこうして連れてきてもらうと、知らないおいしいものだらけで感動しちゃいます。緊張もしますけど」

わたしがそう言って笑うと、戸田は嬉しそうににやりとした。

いいお店なんて行き慣れてるに決まってるだろ、もしかして他の男とは一切会ってないとでも思ってんのかよ、バカか、あとわたしの名前はりほでもないし、弟なんていないからな。

「失礼します」

ドアが開き、店員さんが入ってくる。

わたしたち、どういう関係に見えます？　と訊ねてみたくなる。夫婦にも恋人にも見えないだろう。頭髪の薄くなった肥満体の五十代の男と、露出の多い服装の二十代前半の女。おそらく正解はすぐに導き出せる。

「こちら、スープです。本日はコムタンスープ、中にはつくねが入っています」

黒い器に入ったスープがそれぞれの前に置かれる。このあいだのスープも、コムタンスープだっただろうか。つくねが入っていた気がするけど、別の店だったかもしれないし、気のせいだったかもしれない。誰と何を食べたのか、しっかり思い出そうとしても、わからなくなる。

とにかく他の男の影を匂わせないように、間違えないようにしなくてはならないから、こちらからは以前の食事の話などはあまりしない。

「おいしそう。いただきます」

店員さんがドアの向こうに戻ると同時に、わたしはそう言い、器とともに置かれた木製のスプーンで、スープを口に入れる。あたたかい。だいぶお腹は満たされてきている。このまま帰って、シャワーを浴びて、ベッドに横たわりたい。そしてスマホで動画を観たりしたい。でもそういうわけにはいかないのだ。

このあと戸田が、わたしのことをどんなふうに触り、どんなふうに舐めるのか想像すると、寒気をおぼえ、鳥肌が立つ。考えちゃダメだ、と思う。

もらったお金を、何に使うか考えよう。

高校時代、チェーン店のカフェでバイトしていた。放課後の数時間や、休日の朝から夕方まで、どんなに頑張っても、もらえるお金は月数万円。今はそれを一晩で稼ぐことができる。こうやって、交際クラブ経由で会った戸田のようなやつらから。

「りほちゃんって、今、俺以外にもたくさん会ってるの？」

「え、そんなことないです。全然です」

「嘘でしょ」

「前にお会いしてた方もいましたけど、正直、束縛も強いのと、ホテルにばかり行きたがるので、ちょっとこちらとは合わなくて……。戸田さんは余裕をもって接してくださるので、ありがたいです」

そんなに肉体関係を迫らないでほしい、というメッセージを言外に伝えるが、ええー、そうなんだー、とニヤニヤしている戸田にはまるで伝わっていない。そうか、じゃあ今日はホテルはやめておこうか、なんていう神展開が訪れるとは思っていなかったが。

他に会う男がいないなんて、どうして思えるんだろう。戸田がくれるお金は高額だが、毎日会うわけでもないのだから、とても生活するには足りない。だって世の中には欲しいものが溢れているし、やりたいこともたくさんある。

「失礼します」

また店員さんが入ってくる。ずっと同じ人だ。

「続いて、こちらは当店自慢のサーロインです。特製のタレでお召し上がりください。焼かせていただきますね」

わあ、すごーい、と声をあげる。正直、もう肉はそんなに食べたいとは思っていないが。

赤い肉が、すぐに茶色くなる。それでもまだ赤い部分が多く残っている状態で、どうぞ、と店員さんがお皿に盛りつけてくれる。

「こんなに早いの？」

「そうなんです。焼きすぎると硬くなってしまいますので、さっとで大丈夫です。はい、こちらもどうぞ」

「いただきます」

わたしは言い、サーロインを特製ダレにつけて食べる。甘みのあるタレの味が口の中で広がる。柔らかな肉。溶けていくみたいに。

もうそんなに食べたくない、と心で思っていたのを訂正したいくらい、おいしい。かなり大きな一枚だが、あと三枚くらい食べたい。

「おいしいです」

のみこんでから、わたしは言う。お皿を片付けていた店員さんが、よかったです、と爽やかに笑う。戸田よりもこっちとセックスするほうがまだいい。だけどお金をくれるのは戸田だ。

またセックスについて考えてしまいそうで、目を閉じて、口の中に残る味を少しでも長く留まらせようとする。

戸田は気持ち悪い。だけどそんな気持ち悪い男からお金をもらっているわたしは。

整形前の写真を戸田に見せたら、なんて言うだろうか。わからない。ただ、もしも整形前の姿だったなら、クラブに登録もできなかったし、こんなふうに会う男たちも一人もいなかった。それは確かだ。まだやりたい箇所は多数残っている。

味が完全に消えてもまだ、目を閉じていたかった。

ここが天国か地獄かわからない
どちらでも同じかもしれなくて

ビスマルクピザ——冷めてしまう

話があるのだろうとは思っていた。一週間前も様子がおかしかったから。うちに寄ろうと思えば寄れるのに、やっぱり明日早いからやめとくわ、と少し早口に言って、駅で別れた。

かといって、愛情がないとも感じないのだった。週に一度は会っているし、夜中のメッセージも欠かさないし、居酒屋から駅に向かうあいだも手をつないでいたし、駅でも軽くハグをして別れたし。どれもわたしからというよりは、周吾からのアクションだ。

だから最初に思い浮かんだのは、プロポーズ。でも違うな、と脳内で即座に打ち消した。周吾もわたしも、結婚願望が薄い。周吾は三十歳までは結婚はいいかな、と話していたし、それにはまだ少なくとも三年ある。わたしも同様だ。

それから、借金というのも思いついた。実は借金をしているんだ、とか、少しだけお金を貸してほしい、とか。でもこれもやっぱり打ち消すのに時間はかからなかった。そんなにお金持ちというわけじゃないけど、周吾は社宅に住んでいるのもあって、さほどお金をつかうこともない。一人暮らしのわたしよりもよっぽど、自由につかえるお金は多い。普段のデートでのお金もたいていは周吾が出してくれているし、気前だって悪くない。

じゃあなんなんだろう、わからない、と思いながら、二人でイタリアンを食べに来ている。ここは何度か来たことのある店で、お互いの会社からアクセスしやすいのと、そんなに高くないのが気に入っている。

やっぱりいつもとは、少し様子が違って感じられる。まず、口数が少ない。こちらが話したことに対して、リアクションはとってくれるし、変な相づちを打つようなわけではないけれど、周吾のほうから新たな話題を振ってきたりはしない。

「こちら、ビスマルクですねー」

店員さんが、わたしたちの間に、ピザを運んできてくれる。かなり巨大なもので、見るからに熱そうでおいしそう。

半熟卵がのっているビスマルクピザは、わたしの好物で、メニューにあるとかなりの確率で頼んでしまう。今日のもわたしが選んだものだった。この店のものには、薄くスライスされたマッシュルームがたっぷりのっていて、そこも気に入っていた。

切るね、と声をかけてから、持ってきてもらったピザカッターを使って八つに切り分ける。見るからに不均一なものとなってしまったが、二人で食べるのだから構わない。

中央で存在感を放っている半熟卵は、すぐには崩さないと決めている。まずは一切れ目を食べてから、崩して広げるつもりだ。少し小さめのピザを自分のお皿に、比較的綺麗に切れているものを別のお皿にのせ、周吾に渡す。

「ありがとう」

そう言った周吾は、だけど、すぐに食べようとはしなかった。わたしは口に入れる。熱い。でもおいしい。まだ形を残している卵の白身が、まろやかに感じられる。チーズの匂いが口の中で広がっていく。やっぱり好きだな、と思う。

「食べないの？」

手を止めたままの周吾に訊ねる。返ってきたのは、質問の答えにはまるでそぐわないものだった。

「あのさ、好きな人ができたんだ」

「え？」

わたしもまた、思わず手を止める。ビスマルクピザは、食べるときに、どうしても手を汚しやすい。おしぼりで拭かなきゃ、と思うのに、身体が一瞬にして動かせなくなる。

「誰？」

そんなこと聞いてどうするの、とわたしの中で別のわたしが言う。

「会社の人」

律儀に答えてくれる周吾は、優しいのかバカなのかわからない。同じ会社の人の話は、前に何度か聞いたことがあり、何人かの名前はわかっている。その中に「好きな人」もいるのか。だけど名前がわかったところで、どうしたらいいのか。なんでこんなタイミングで言うの。今日はまだ水曜日だ。明日も明後日も会社に行かなくてはならない。もう会わないっていうことなの。一緒に観ようって言ってた映画は。あ、あと、休みが重なったら温泉に行こうって。なんでわたしよりその人がいいの。もう付き合ってるの。向こうはわたしのこと知らないの。

次々と思い浮かぶ言葉を、どれも口にできないのは、口にしたら、涙も一緒に出てしまいそうだからだ。このままずっと黙っているわけにはいかないけれど、今は何も言えない。

うつむいているわたしを、テーブルの向こうから、周吾が見つめているのがわかる。ビスマルクピザを食べてしまいたい。それにお皿に残っている分の、半熟卵を崩してしまわなきゃ。冷めてしまったら、おいしさが減ってしまう。わかっているのに。

きっとしばらくピザを食べることはできそうにない。いつまでなのかはまったくわからない。そもそも、いつになったら、わたしは言葉を発することができるのかさえ、わかっていないのだから。

目の前で固まっていくピザを
ただ見つめることしかできないでいる

カスタードドーナツ――わたしの仕事

このところのわたしときたら、三年も前になる入社試験の面接のことばかり思い出している。自分がどんなふうに広告に携わっていきたいのか、どんな広告を作っていきたいのか、熱く語っていた自分の姿だ。もういいですよ、大丈夫ですよ、と面接官の一人が笑って言ったときに、あ、これは落ちたかも、と思ったが、予想に反して、届いたのは通過メールだった。あれは二次試験だったから、それ以降の三次試験と最終試験は、少しは熱さを抑えたつもりでいたが、それでもやる気は充分に伝わっていたのではないかと思う。

内定通知をもらったのは、人生で一番嬉しかった瞬間、と言っても過言ではない。大学に合格したときも、初めて彼氏ができたときも嬉しかったが、間違いなくそれ以上だった。

そして一ヶ月前に総務部庶務課に異動になったことは、人生で一番悲しかった瞬間、ではない。おじいちゃんが死んだときとか、初めてできた彼氏にふられたときとか、大学の卒業旅行で訪れたパリでスリにあったときとか、いくつも思いつく。けれど一番ではないにしても、相当悲しい。しょっちゅう三年前の面接を思い返して、あの頃はあんなに前向きな気持ちだったのに、と現状と比較してため息を連発しそうなほど悲しい。

だって、あの頃やりたかった仕事とは、似ても似つかない。自分がどんなふうに郵便物の仕分けをしたいのか、とか、備品の在庫管理にかける思いとか、そんなものあるはずがない。

誰が見てくれているのかもわからないのに、社内にやたらと掲示しているポスターを片付けるのに時間がかかり、珍しく遅くなった昼食をとろうとエレベーターに乗って一階で降りたところで、反対にエレベーターに乗り込もうとしている集団がいた。その中の一人が、こんなふうに言う。

「わ、みつこじゃん。ごめん、先に行ってて」

前半はわたしに、後半は一緒にいた（おそらくどこかで昼食を一緒にとっていた）人たちに向けての言葉だった。

同期入社の玲ちゃんだ。入社して研修を終えてからすぐプロモーション部に配属され、今もそこに在籍している。同期入社の人たちの中でわたしは、みつこ、と呼ばれている。下の名前ではない。苗字の光井をもじったあだ名だ。

「久しぶりだよねー。前はしょっちゅう会ってたけど」

総務部に配属になる前、わたしはマーケティング部にいて、プロモーション部とは同じフロアだったので、玲ちゃんの言うとおり、しょっちゅう顔を合わせていた。週に何度も。

「ね、久しぶり」

わたしは答える。早く会話を切り上げたいな、と思う。お腹がすいているのだ。

「っていうか、みつこ、なんで総務部なの？　驚きなんだけど」

なんで、なんてわたしが聞きたい。実際に聞いたことだってあった。マーケティング部の先輩や上司。みんなが示し合わせたように、同じような答えを返す。若いうちにいろいろ経験させようっていう考えなんだと思うよ。大丈夫、すぐまた異動になるって。けれど彼らもたいていは、総務部なんて経験していない。どうして大勢いる中で、わたしが総務部に異動となったのか。たとえば玲ちゃんではなく、わたしだった理由が、明確にあるのだろうか。

「わたしもほんっとびっくりしたよー」

ほんっと、に力を入れて、明るく言った。

話しているわたしたちの隣を、多くの人が通り過ぎていく。マーケティング部の人とは会いたくないなと、なんとなく思いながら毎日を過ごしている。今だって同じだ。

「希望出したわけじゃないんだよね？　上司との面談とか」

玲ちゃんに訊ねられ、そんなわけないでしょ、と苛立ちそうになってしまう。クリエイティブ部門に異動したいとずっと思っていたし、年に二回ある上司との面談でもそう話していた。おそらく多くの社員がそうであるように。今わたしがいる場所は、むしろ対極だ。

「全然全然」

わたしは明るく話せているだろうか、と心配になる。口角を上げ気味にするように心がける。

「驚きだよね。ね、今度、ゆっくり話そうよ。またランチ行こ。夜でもいいんだけど、最近スケジュール読めなくって」

ほぼ毎日定時で退勤しているわたしに対する皮肉だろうか、と思ってから、いや、そんなはずはない、玲ちゃんはわたしの退勤時刻なんて知らないんだし、と思い直す。こんなふうに意地悪く思ってしまう自分こそが、意地悪い。

「うん、行こうー。LINEするね」

わたしからはしないだろうな、と他人事のように思いながら、手を振って別れる。何を食べるかもどこの店に行くのかも決めていなかったが、とにかく会社の外に出て、歩き出したかった。


会社に戻ろうとした直前、あ、光井さん、と声をかけられた。呼び方で同期ではないのはわかっていた。振り向くと、係長である前田さんが立っていた。おそらく四十歳前後の男性である前田さんとは、今まであまり話したことはない。席も少し離れているし、話しかける理由も特になかった。

「おつかれさまです」

そう言うと、ちょっといい？　と手招きをされた。理由がまるでわからないが、従う。

「どうしたんですか」

こちらの問いには答えずに、数戸隣の、小さなビルの入り口まで行ってしまう。わからない。

「どうしたんですか」

知らないビルのエレベーター横で、同じ質問をした。

「光井さん、甘いもの好き？」

「え、好きですけど」

「よかったー」

前田さんはバッグから茶色い紙袋を取り出す。さらに中身を。

「半分食べて、これ」

「ドーナツ……？」

「そう。カスタード。あ、まだ少しあったかいかも」

薄紙の上から手で半分に割られたドーナツ。片方を薄紙ごと渡される。まだ生姜焼き定食がお腹に残っていたが、断れない。穴のないタイプのドーナツだ。表面には粉砂糖がまぶされていて、中には黄色いクリーム。

「……いただきます」

仕方ないので、立ったままかじりついた。あたたかい。カスタードクリームのとろりとした食感が、口の中を満たしていく。

「おいしいですね」

「おいしいなー」

わたしよりも断然、前田さんの言葉に力がこもっていた。

「好きなんですか、ドーナツ」

「近くにドーナツ屋あるのわかる？　最近できたとこ」

「わかります。甘い匂いしてますよね」

「そう。気になってたんだけど、ついに今日買っちゃって、でもさすがに一つは大きすぎるよな、昼飯も食ったしな、と悩んでたら、光井さんが通りかかってくれた。渡りに光井」

「船と光井って、何もかかってないですよ」

言いながら、ドーナツを食べ進める。見た目ほどは甘くなくて、大きすぎるように感じられた二分の一個は、問題なく食べられそうだった。

「どう、仕事は」

前田さんに訊かれる。言いたいことは他にあるが、言っても仕方ないので、少しずつ慣れてきました、と答える。

「クリエィティブじゃなくて、ガッカリしてるでしょ」

「え」

わたしはどう答えていいものか悩む。正直に言っていいのか、それともこれは罠のようなものなのか。

「面接のときから、広告作りたいんです、って気持ちで溢れてたもんなあ」

前田さんは言う。

「面接？」

「おぼえてない？　二次試験のときに、おれ、光井さんの面接官やってるんだよ。おれもかなりの数やったし、全員のことをおぼえてるわけじゃないんだけど、妙に記憶に残ってたんだよね」

もしや、もういいですよ、と優しく言った面接官は、前田さんだったのか。言われてみればそんな気もするが、違う気もする。けれど嘘をつく理由なんてないし、おそらく面接に立ち会っていたのは事実なんだろう。

「そうだったんですね。すみません。その節はありがとうございました」

「いや、おれは△つけてたんだよね。あまりに熱意ある人って、あとでギャップで苦しんだりとか、空回りしちゃったりとかするじゃん。でも、他の二人が◯つけてたから、結果的に通ったけど」

「それは」

予想外の言葉に、どう続けていいものか迷った。

「まあ、まだ会社生活は長いし、いろいろ勉強していってよ。庶務の仕事も結構おもしろいもんだから」

「はあ」

どこがなのかを詳しく教えてほしかったのと、ドーナツを食べ終えたことで、喉の渇きを感じて、曖昧な返事になってしまう。近くにある自販機でお茶を買おうか迷う。

「誰がやってもいい仕事ってさ、でも、誰がやっても同じ仕事ではないんだよ。ちゃんとその人に、はねかえってくるもんだから」

前田さんはそう言い終え、行こうか、とつぶやいた。わたしの返事を待たずに、歩きはじめる。

「あ、はい、あの、ごちそうさまでした」

「いや、こっちこそ。付き合わせちゃってごめんね」

こちらを振り向いたりはせずに言う、ワイシャツ姿の前田さんの背中を見つめながら、この人は何年庶務課にいるのだろうな、と思う。

誰がやっても同じ仕事ではないんだよ。

お腹がさっきよりも重い。口の中にはまだ甘さが残っている。午後の仕事は、午前よりも頑張れそうな気がした。

水滴のように小さな仕事だけど
どこかで海につながっていく

さきいか――嚙む

引き戸の向こうから、一定の呼吸音がしている。

寝息というには激しいし、いびきというには弱い。そのくらいのボリューム。

十分ほど前、わたしが部屋を出たときと同じだった。和史《かずし》の眠りの深さも知っているし、別に悪いことをしてきたわけでもないのに、寝ている事実に安堵する。ただ近くのコンビニに行って帰ってきただけ。それなのに、それなりの解放感を得られているのが不思議だった。

洗面所で手を洗ってからリビングに戻り、ソファに腰かける。もちろんずっと足音は立ててない。

猫のイラストが描かれたエコバッグから、買ったばかりの、缶チューハイとさきいかを取り出す。缶チューハイは、レモンと迷って、グレープフルーツを選んだ。缶を開け、さっそく口に入れる。よく冷えている苦い液体が、喉を通り過ぎていく。

おいしい、と思ってから、でも本当に飲みたかったのだろうか、とも思う。別にお酒なんて飲まなくてもよかった。眠気は少しずつ近づいてきていたし、あのままベッドで目を閉じつづけていれば、今ごろは夢の中だったかもしれない。明日も仕事だし、むしろそうするべきだったのだ。

そう考えつつも、さきいかの袋を開ける。

あの頃はコンビニなんてあまり行かなかったし、同じ商品ではなかったが、子どもの頃、時々父が食べているさきいかをもらうのが好きだった。父の膝の上に座ったまま、手を伸ばした。こいつは酒飲みになるよ、と言っていた父の言葉だけ、やけにおぼえている。座り心地はそんなに良くないのに、妙に落ち着く、膝の上の感触もうっすらと。

言うほど酒飲みにはならなかったが、三十歳にはなり、あの頃の父にずっと近い年齢になった。

さきいかを噛む。しばらく噛んでからのみこんだ。袋にはわずかにしか入っていないので、すぐになくなってしまうだろう。チューハイを飲む。

和史の呼吸音は、さっきより静かになったが、まだ聞こえている。

この部屋を契約したときも、この部屋に引っ越してきたときも、胸には幸福感が満ちていた。大好きな人と、一緒に暮らしていける喜び。未来は明るいものでしかありえなかった。

更新のときに入籍しようか、と話していた。更新まではあと半年ほど。結婚式はやらなくていいよね、という話ではあったが、和史はあの約束を、どう捉えているだろう。忘れっぽい性質ではあるが、まさか忘れてはいないだろう。

入居日から、何が変わったというわけではない。同棲するのは初めてだったが、それにより、信じがたい部分が明らかになったというわけでもなく、和史は和史のままだ。ルーズさだとか、多少気にかかる点はあるが、それは向こうにしたって同じだろう。

けれど、だからこそ、戸惑っているのだった。

時間が流れただけ。相手が変わったわけじゃない。むしろ変わったのは、わたし。

さきいかを噛む。匂いが口の中で広がる。さきいかを噛む。じんわりと味が滲《し》み出る。さきいかを噛む。噛む。

わたしはもう、和史のことを好きじゃない。全然。まったく。

あまりに絶望的な事実を思いながら、なおもさきいかを噛む。どこかに行きたいと思うが、まぎれもなく、ここがわたしの家だった。さきいかをのみこむ。

好きじゃなくなってごめんね
あなたにも
あなたを好きだったわたしにも

チョコチップクッキー──未来不明

　会ったときから、なんだか変だな、と思っていた。ストーリー展開についてはもちろん、好きなアニメの最新回についてや、アプリゲームのイベント報酬について話しているときですら、心ここにあらずって感じだったから。いつもなら、こっちがひくくらいの勢いで話してくれるはずなのに。

　だから、あのさ、今日、話があって、と切り出したときは、なんとなくもうわかっていた。

「漫画、あきらめる。ごめん」

　え、とわたしは言った。本当に驚いているっていうよりも、何かを言わなきゃいけない気がしたから、発したただけだった。

実紅《みく》は説明を始めた。

漫画家になるのは本当に小さい頃からの夢だったし、藍佳《あいか》となら絶対叶えられる気がした、漫画を考えたり描いたりする時間は何よりも楽しかった、でもやっぱり親が大学受験について言い出して、自分も不安になってきてしまった、このままじゃ全部中途半端になってしまう気がする、本当にごめんなさい。

だいたいそんな内容だった。言葉の意味はどれもわかるけど、わたしはどう答えていいのか、どういうふうにしたらいいのか、聞いているあいだ、何もわからなくなっていた。実紅が一緒にやってくれないのは困る。だけど、困る、とか、いやだ、とか言ったら、余計に実紅を苦しめてしまうのだろうなと思った。

二人で漫画を描こうと提案したのはわたしだった。今までも一人では描いていたけど、実紅は背景を描き込むのが得意だし、ストーリーについても厳しい意見をくれる。二人になってからのほうが、手ごたえはずっと強かった。

でも実紅は、わたしよりもずっと賢い高校に行ってるし、わたしと違って、学校を休んだりも全然していない。中学時代も、わたしは不登校の時期がかなりあったけど、実紅は多分そんなじゃない。ネットを通じて知り合って、共通の好きなものがたくさんあって、やっと親友に会えたような気がしてたけど、もともと違うステージだったのかもしれないとも思う。一緒に漫画を描けていた、この数ヶ月が、むしろ夢だったのかもしれない。

「あのさ、当たり前だけど、藍佳と会ったり遊んだりするのは続けるからね。っていうか続けたいと思ってるよ。予備校も始まっちゃうから、ペースは少なくなるかもしれないけど」

予備校に行くんだな、と思う。高校二年生の秋。きっとそういう時期なんだろう。実紅はどういう大学に行きたいんだろう。目の前にいるのに、なぜか質問できない。

そして、わたしは。

高校卒業したら、どうするんだろう。もう女子高生じゃなくなって、どういうふうになるんだろう。漫画家になれたら最高だけど。今描いてる漫画の、投稿先とか持ち込み先とか調べなきゃ。そういうの、実紅に相談するのは微妙かな。っていうか一人になって完成できるのかな。今描いてくれてる学校の風景とか、同じように描ける自信なんてない。一人でやっていく自信なんて、まるでないよ。

実紅と知り合うまではそうしてたはずなのに、もう思い出せない。

ノックの音と同時に、藍佳、大丈夫？　って声がドアの向こうからした。

「なにー」

わたしは答える。大丈夫じゃない、と思いながら。

「ごめんね。お茶も出さずに。あとこれ、よかったら食べてね」

お母さんは、わたしじゃなくて、実紅のほうに話している。わたしたちを挟む、ガラスのローテーブルの上に、木製のトレイが置かれる。

「すみません、ありがとうございます」

「いえいえ。じゃあ、ごゆっくりねー」

また実紅に言い、部屋を出ていく。トレイの上には、グラスに入ったお茶が二つと、お皿にのったミニサイズのチョコチップクッキー。昔から、だいたいうちに置いてあるお菓子。

「……これ、好きなやつだ」

実紅がつぶやいて、クッキーに手を伸ばした。おいしい、となぜかさっきよりも小さい声で言う。

今まで、このチョコチップクッキーを何度食べたかわからない。いつから食べていたのかも。でもシリーズでいくつもお菓子がある中で、わたしはたいていいつも迷わずこれを選んでいた。だからうちにあるのが習慣のようになっているのだ。

わたしもクッキーに手を伸ばし、口に入れた。少しやわらかめの食感。甘い。やっぱり今日もおいしい。悲しいときでも。親友と、一緒に漫画が描けなくなったときでも。

「これ、ずっと好きだった」

わたしが言うと、実紅が素早く答えた。

「わたしも。遠足とかにも持っていってた」

いつもの実紅だった。そして実紅も、わたしと同じように、何度となくこのお菓子を食べてきたんだな、と思った。まるで別々に育ってきたわたしたち。

まだ、言わなきゃいけないことや、言いたいことが、山のようにあると思った。漫画の話、進路の話、予備校の話、アプリの話、アニメの話。大丈夫、きっと話せる。

わたしまだ目が覚めなくて
現実と夢の境目すらわからない

海老ラーメン――ともだちだった

「車庫から出すときにこすっちゃって、親に、頼むからもう運転しないでくれ、って言われたよ」

「うけるー。それは言われるわ」

隣に座る亜沙美《あさみ》のいつもの笑い声を聞きながら、こんな話をしたいんじゃない、と思う。こんな話をするために、わざわざ亜沙美を呼び出したわけじゃない。

レンゲですくうスープは、オレンジがかっている。口に入れると、鼻からも口からも、とにかく海老の風味ががつんと飛び込んでくる。これでもかというくらいに。半分以上を食べ、身体の中が海老エキスで満たされているような気がする。

おいしい。でも、ラーメン屋にしたのは、失敗だったかもしれない、とも思う。さっきから何度も思っていた。

カウンターに隣り合っているから顔は見えないし、ゆっくり話す雰囲気にはならない。ラーメン食べようよ、あそこの海老のやつ、と言ったのは亜沙美のほうだったけど、別の店を提案すべきだった。食べ終えたら、お茶しようか、とカフェに誘うしかない。

名物が海老ラーメンであるこの店を教えてくれたのも亜沙美だった。ラーメンはそんなに好きなほうでもないけど、食べてみて、あまりにおいしくて感動した。初めて食べたときに、おいしい、と驚きながらつぶやくと、でしょー、と亜沙美は言っていた。もう数年前だけど、まだ憶えている。

いつも亜沙美には、教えてもらうことのほうが多かった。お店だけじゃない。コスメとか服とか調味料とかスマホゲームとか。すすめてくれるものは、たいてい好きになった。

だからといって、まさか自分が、亜沙美の彼氏、いや、元彼氏の祥真《しょうま》のことまで、好きになってしまうとは思わなかった。別に、すすめられていなかったのに。祥真は、わざわざ言わなくていいでしょ、と言っていた。わたしたちが付き合い出したことについてだ。ちゃんと亜沙美とは別れたんだし、そのうちどっかから知ることになるんじゃないの、と。

だけどわたしは、どうしても自分の口から話しておきたかったのだ。別れかけていた状態だとはいっても、わたしたちが関係を持ったのは、まだ祥真が亜沙美の彼氏だった頃だ。

だけどどんなふうに話すべきなのか、当日になってもまだ迷っている。ごめんね、なんて謝るのは、かえって傷つけてしまいそうで。かといって、付き合うことになったんだー、よろしくね、と明るく言ってしまうのも違う気がしている。会って顔を見れば、自然と言葉が出るかもしれないと思っていたが、しょうもない話ばかり続けている。こんなふうに。

ひとしきり話したあとで、わたしは残っているわずかな麺を箸でとる。

「あのさあ」

亜沙美が言った。うん、と麺から目を離さずにわたしは言う。

「凜《りん》がいなくても、うちら、別れてたと思うんだ。いろいろと限界だったし」

「え」

わたしは手を止め、つい横を見た。亜沙美はレンゲでスープをすくっていた。

だけど口元にはもっていかない。

それって、祥真のこと？

訊ねかけたけど、そんなのわかりきっていた。

違うよ、とつい言いそうになるが、何が違うのか、何を否定したいのかも、わからない。

「だから本当に凜のせいとは思ってない。でも、もうこうやって遊ぶのはやめる」

オレンジがかったスープから視線を離さずに、亜沙美は言った。綺麗な横顔、と思う。わたしはいつだって亜沙美に憧れていた。一緒にいると楽しかったし、嬉しかった。

知っていたのだ、と思う。全部知っていたうえで、今日会って、この店を選んだのだ。

「うん」

ごめんね、とも、ありがとう、とも言いたかったが、言えなかった。わたしもまた、自分のスープに視線を戻して答えた。

本当に大切な友だちだった
たとえ会えなくなったとしても

フィナンシェ――お姉ちゃんのお菓子

動画が終わったので、飲み物をいれるために台所に行くと、ダイニングチェアにお姉ちゃんが座っていた。びっくりした。本当に、びっくりした。

びっくりしすぎて何も言えずにいると、スマートフォンをいじっていたお姉ちゃんが顔をあげたので、目が合った。

「え、さくら、超育ってるじゃん。やば」

全然やばくなさそうにお姉ちゃんは言い、それから、元気だった？　と聞いてきた。こっちが聞きたいくらいだった。

「お姉ちゃん、なにしてたの」

「え、ここに座ってゲームしてたよ。あ、さっきトイレ使ったけど」

「じゃなくって、ずっと」

「ああ、そういうことね。まあ、いろいろ」

一年半ぶりだ、と計算する。お姉ちゃんがこの家を出て、一年半。この家出ていくわ、と夜中にあたしに言ってから、一年半。

「どこにいたの？」

「それもまあ、いろいろ」

「いろいろって」

「まあいいじゃん。座ったら」

全然よくはないけど、とりあえず座る。お姉ちゃんの隣。いつもの席なのに、お姉ちゃんが視界の中にいるというだけで、自分の家じゃないみたいで、落ち着かない。

「これあげる。一緒に食べよ」

テーブルの上の小さなバッグから、お姉ちゃんが袋を取り出す。透明な袋に入っているのは、いくつものお菓子だった。見たことある気がする。

「フィナンシエ。おいしいと思うよ」

フィナンシエ、それだ。

「ちょっと待って。お茶いれるから。お姉ちゃんも飲む？」

「さすが、気がきくね。ありがと」

あたしは持っていたコップに自分の分のお茶を、そして食器棚から出したコップに、お姉ちゃんの分のお茶をいれた。お皿も出そうかと思ったけど、お姉ちゃんはそのまま食べはじめていた。

お茶を置くと、また、ありがと、とお姉ちゃんは言った。

「いただきます」

あたしは言い、袋の中の一つを手に取る。口に入れると、思ったよりもしっとりとしていた。甘い香り。

「おいしい」

あたしが言うと、お姉ちゃんが、よかったあ、と言ったので、あたしは不思議に思う。

「これ、もしかして、お姉ちゃんが作ったの？」

「そうだよ」

「え、お菓子作れるの？」

うちにいたとき、お姉ちゃんは、お菓子を作ったりしなかった。ごはんだって。

「作れるようにしたの」

お姉ちゃんは答えて、また別のフィナンシェに手を伸ばす。あたしも同じようにした。

「フィナンシェって、金持ち、とかいう意味なんだよ。変だよね」

「えー、なんで？」

「色とか形が、金に似てるからだって。他の説もあるみたいだけど」

「金って、金メダルの金？」

「そう。正確には、金塊ってやつ。金のかたまりね。見たことないけどさ」

あたしは、一口かじったフィナンシェを、まじまじと見ている。きつね色、とかいうはずだ。金とは違う。形も、もっと似ているものがあるような気がして、考える。

「跳び箱の一番上のに似てる」

あたしが言うと、お姉ちゃんは、ウケる、と言って笑った。それから質問してきた。

「さくら、今、何年生になったんだっけ」

「六年」

「え、じゃあもうちょっとしたら中学じゃん。やばいね」

何がやばいんだろう、と思うけど、あんまり深い意味はなさそうだった。

「お姉ちゃんは別の高校行ってるの？」

「行くわけないじゃん。あたし、学校向いてないもん。バカだし」

お姉ちゃんは、商業高校をやめている。やめるとき、お父さんとお母さんとお姉ちゃんは、ものすごい大げんかをしていた。そしてその次の月に、お姉ちゃんは家を出た。

お姉ちゃんの髪の色は、家を出るときは明るい茶色だったけど、今は黒と赤がまざっている。今のほうが似合う、と思う。前よりもずっと短いスタイルも含めて。

「そういえば、お父さんとお母さんは？」

「お父さんは仕事で、お母さんはボランティア」

「へー。相変わらずだね」

「お母さん、二時半くらいになったら帰ってくると思うよ」

今日は図書館での絵本の読み聞かせのボランティアのはずだ。お母さんはいつもボランティア活動に参加していて、そのたびに帰ってきてから、疲れた、とか、そこにいた人の悪口を言ったりすることもあるんだけど、でも、それが楽しそうでもある。

「じゃあそれまでに帰るわ」

「え、また行くの？」

「うん。荷物とりに来ただけだし」

お姉ちゃんが「帰る」と言ったことに、遅れて気づく。もうここはお姉ちゃんの家じゃなくて、お姉ちゃんの家は、他のところにあるんだ。

「今、どこに住んでるの？」

「ちょっと遠く」

「どこ？」

「じゃあ中学生になったら教えてあげるよ。遊びにおいで」

「えー、今教えてよ」

「内緒」

なんだかずるい、と思った。お姉ちゃんはあたしのことを何でも知ってるけど、あたしはお姉ちゃんのことを全然知らないし、教えてもらえない。

「可愛い妹に会えてよかったわ」

お姉ちゃんは言う。本気じゃないとわかってたけど、あたしもお姉ちゃんに会えてよかった、と思う。

いっぱい入っていると思った袋の中のフィナンシェは、もう最後の一つになっている。

「ごちそうさま」

お姉ちゃんは言う。

「これ、食べないの？」

「うん。さくらにあげる」

「ありがとう」

今すぐに食べずに、夜ごはんのあとに食べよう、と思う。お父さんとお母さんには隠しておいて。

「あのさ、お姉ちゃん、バカじゃないよ。フィナンシェの意味とか知ってるし。おいしいの作れてるし」

あたしがそう言うと、お姉ちゃんは、ウケる、と言って、さっきよりももっと笑った。

次にいつ会えるかなんてわからない
いま笑い合ったのを忘れない

唐揚げ――もう増えない

作業を終えると、空腹に気づいた。

本当は眠るつもりだった。邦生にくっついて。

だけど、目はすっかり冴えていた。

スマホで時刻を確認すると、もう零時を回っている。すっかり遅くなってしまった。予定ではもっと早く終わっているはずだったのに。でも仕方ない。何事も予定どおりにはいかない。空腹加減だって睡魔だって。

テーブルの上には、ビールと唐揚げ。あとはお椀の中のなめこのお味噌汁。

冷めた唐揚げを、さほど食べたいとは思わなかった。もともと、コンビニで唐揚げを買いたがるのはいつだって邦生だ。わたしはそんなに好んでいない。だからといって、またコンビニに行くような気力も残っていなかった。食べたいものなんてわからない。だからとりあえず食べることにする。

そもそも邦生と違って、揚げ物がそんなに好きじゃないんだよな、と思いながら、唐揚げを一口嚙む。そしてびっくりした。おいしいじゃん、と思った。

冷めきってしまっているし、そのせいか油分も固まって感じられる。ジューシーさもない。それなのに、妙においしかった。

作業をしていたせいか、と思い、ビールを一口飲む。わたしが残したものか、邦生が残したものか、わからない。こちらはぬるくなりきっている。だけどやっぱり妙においしい。

ビールを飲み、唐揚げを食べる。

おいしい。おいしい。

体にまっすぐ落ちていく感じ。わたしが今一番食べたかったものはこれなのかもしれない、とすら思う。　大きめに思えた唐揚げは、あっというまになくなってしまう。

もう一回コンビニで買ってこようかな、と思ってから、やっぱり今は部屋を出たくない、と思い直す。

あと何時間、こうしていられるだろうか。

おそらく音を消している邦生のスマホには、もういくつもの通知が届いているだろうな、と思う。今なら顔認証も可能なのかもしれない。だけどもう見たいとは思わない。あんなに気になっていた、他の女とのやりとりも。

邦生はずっと浮気ばかりしていた。わたしが気がついているだけでも三人くらい相手がいた。気がついてない相手もきっといるのだろう。でも、もう増えない。

あんなに感じていた空腹が、唐揚げとビールによって、だいぶ満たされたようだった。たいした量じゃないのに。だけどまだ何か食べたい気もする。お椀の中のなめこのお味噌汁には手をつけることはできない。大量の睡眠導入剤が混ざっているから。わたしがメンタルクリニックに通って、少しずつ溜めた、白い錠剤。

「あ、そうだ、お味噌汁残ってるけど飲む？」

そう聞いたわたしの声は、震えてはいなかっただろうか。自分ではわからない。でもきっと普通だったんだろう。飲む飲む、と答えた邦生に、何一つ不審がる様子なんてなかったんだから。味が変などと言い出すのではないかと思ったが、それもなかった。でも思ったよりも時間はかかった。すぐに倒れ込むように寝てしまう様子を想像していたが、実際は「なんか眠いなー」と言い出したのはしばらくしてからだったし、横になってからも、なかなか本格的に眠ってはくれなかったから。

ああ、でもそうか、わたしも飲んで眠ればいいのか。いつまでかはわからない。目が覚めたら、警察に電話をすればいい。

わたしはお椀の中の液体を口に含む。苦みが感じられたが、知っているからかもしれない。既にビールを飲んでいた邦生には、きっとわからなかったのだろう。

「ごめんね」

わたしはつぶやき、邦生の隣に横たわる。なるべく多くの部分がくっつくように。邦生は横向きに眠っていたが、今は仰向けだ。死ぬ間際に目を覚ましたようで、抵抗して、体勢を変えたから。それでも力は全然入っていなかった。嘘、なに、というようなことを言っていた気もするが、はっきりとは聞き取れなかった。

やっぱり刺すのをやめてよかった、と思う。繰り返したシミュレーションの中で、眠らせる流れまでは同じだったが、最初は刺すつもりでいたのだ。だけど血が出てしまうし、それだとあまりくっつけなかっただろう。首にはくっきりと赤く、紐の跡が残ってしまっているが、血まみれよりもずっといい。

コンビニの唐揚げなんて、しばらく食べられないんだろうなあ。何年くらい刑務所に入ることになるのかなあ。どうせなら警察に電話する前に好きなもの食べておくべきかなあ。バイト先の人たち、びっくりするだろうなあ。卒アル写真出されるのいやだなあ。邦生、まだあったかいなあ。そのうち冷たくなってきちゃうのかなあ。

思考が流れつづけていく。眠気が訪れるのを、この世で一番大好きな人にくっつきながら、わたしはひたすらに待っている。

こんな結末を望んだわけじゃない
正解はずっとわからないまま

ウニ丼――とろける

ピピ、と台所で小さな音が鳴る。炊飯器の音だ。

ごはんだけ炊いて待ってて。二合。

それが亜実からのメッセージだった。謎だ。何を食べるつもりなのかもちろん聞いたが、当日までの秘密、と教えてもらえなかった。

立ち上がり、炊飯器を確認しに行く。たかだか数歩の移動なのにしんどくて、会社に行く以外は、ひたすらベッドでぐったりしていた日々が、自分の体力を奪ってしまったことを痛感する。

炊飯器を使うのも久しぶりだ。炊き上がりまでの時間を示していた表示窓は、保温に切り替わったことを示している。蓋を開けてみると、蒸気が飛び出してきた。しゃもじで二合分のお米を軽くかきまぜる。水加減も大丈夫そうだ。

また定位置となっているベッドに戻りかけ、いや、もうそろそろ亜実が来るかも、と思い直し、ラグの上、ローテーブルの近くに座る。掃除機をかけたばかりだったが、髪の毛が落ちている。拾って、腕を伸ばし、ゴミ箱に捨てた。

亜実に会えるのは嬉しいが、面倒でもある。とにかく今は、誰にも会いたくないのだ。会社での雑談も、今までどおりしているつもりだったが、このあいだ年上の女性社員に、最近元気ないね、と言われてしまった。えー、そんなことないですよ、と答えた自分の声があまりにもわざとらしく響いたようで心配だったが、特にそれ以上は聞かれなかった。もともと職場では、仲のいい人などは特にいない。ずっと寂しく、不満に感じていた点だったが、今の状況に限って言えば、都合がよかった。

もしも仲のいい人がいたら、もうすぐ結婚するんだ、なんて打ち明けていたに違いない。学生時代からの何人かの友人にはそうしていたように。だから、会社の誰にも言わなくて済んでよかった。

ピンポン

ドアチャイムが鳴り、わたしは立ち上がって、玄関に行く。

何も聞かずに開けると、そこにはやはり、亜実が立っていた。

「じゃーん」

久しぶり、や、お邪魔します、といった挨拶はすっ飛ばしてそう言うと、亜実はわたしに突きつけるかのように、ビニール袋を差し出してきた。

「何、これ」

受け取り、中を見る。

「うわ」

「すごいでしょ」

わたしが驚いたことに満足そうな様子だ。

「どうしたの、これ」

「海で採った、と言いたいけど、そんなことはできないので買った」

「これ、かなり高いんじゃないの」

「高かったよー、そりゃあもう。でも、買うしかないじゃん」

言いながら、亜実はスニーカーを脱ぎ、部屋に入る。わたしはビニール袋を傾けないように気をつけて、後につづく。

慣れた様子で台所に行き、狭い流しで手を洗う亜実の隣で、ビニール袋の中身を取り出す。

二つの木箱の中に並ぶ、オレンジ色のもの。間違いない、やはりこれは。

「最高のウニでしょ」

亜実が言う。わたしは、どうしたの、これ、と言った。言った瞬間に、さっきも同じことを言った、と気づく。

「うちの近所の商店街に、魚屋さんがあって、たまーにウニ売ってるんだよね。

他の人に、市場から当日買い取ってるからね、新鮮だよ、って話してるのも聞いたことあって。でも高いからなかなか買えないなー、と思ってたんだけど、愛する親友が婚約破棄されたら、そりゃあもう買うしかないでしょ、ウニ丼するしかないでしょ、って」

「ウニ丼」

婚約破棄か、と思いつつ、わたしは別の単語を拾った。

「そうよー。だから、ごはん炊いておいてって言ったじゃん。え、まさか炊けてないとかないよね？」

「ううん、炊いたよ、二合」

「さすが。じゃあ食べよ食べよ。ウニ丼ウニ丼」

当たり前のように言ってるが、婚約破棄とウニなんて、全然結びつかないし、おそらく一般的じゃないと思う。だけどとにかく、亜実が、わたしを深く心配して慰めようとしてくれているのだけは伝わってきたし、目の前のつややかなウニを、食べないという選択もなかった。

お茶碗を出しかけて、小さめの丼を選ぶ。二つ。これで時々、麺類を彼と食べていた。飲んで帰ってきて、一人前を二人で分けるのだ。具なしインスタントラーメンとか、具なしうどんとか。でも結局それだけじゃ足りなくて、何か買いに行くのが常だった。

掘り当てた温泉のように、いくらでも湧き上がりそうな記憶を振りはらうように、丼にごはんを盛る。

「海苔ものせる?」

「おー、いいね。ある?」

「あったと思うよ」

冷蔵庫を開けて確認する。いつのかわからない刻み海苔の袋が、かろうじて残っていた。あった、と言うと、いいね、と既に座ってスタンバイしている亜実がまた言う。

スプーンでウニを盛る。柔らかさがスプーン越しにも伝わる。綺麗なオレンジ。

「思いっきりのせていいからね。思いっきり。そのために二つ買ったんだから」

のせている手元を見たはずはないのに、亜実に言われ、わたしは慌ててウニを追加する。いいのだろうか、となんだかドキドキしてしまう。悪いことをしているわけじゃないのに。

たっぷりとのせたウニの上に、さらに海苔をのせる。

「お醤油どうする？」

「あー、とりあえず、そのまま食べてみよっか。物足りなかったらかけようよ」

「そうしよう」

わたしは答え、それぞれにお箸をつけて、丼をテーブルに運ぶ。

「おー」

亜実が声をあげ、拍手をする。

「写真撮っておかなきゃ」

亜実がそうも言い、スマホで撮影しはじめる。わたしも置いていたスマホをとり、真似た。実物のほうがずっとおいしそうだが、それでも二枚撮った。

「食べよっか」

言われて、うん、と答え、向かいに座る。いただきます、という声が揃った。

口に入れた瞬間、びっくりした。

甘い。柔らかい。

「あっま。うっま。とけるー」

亜実の言葉が、わたしの思いと一致していて、笑ってしまう。

「おいしい」

つぶやいてから、お寿司が好きだった彼のことを思う。きっとこのウニ丼も、大喜びで食べたことだろう。だけど今、彼はここにはいない。二度とこの部屋に来ることもない。

ざまあみろ。

そう思いながら、また箸を伸ばした。そんなふうに思えたことが嬉しかった。これからきちんと元気になれる気がした。わたしには親友がいて、ウニはとんでもなくおいしい。だからきっと、大丈夫だ。

まだわたし終わってなかった
おいしいと思えるものがあってよかった

砂肝サラダ――ひとりで暮らす

この一週間は、ずっと現実感のないまま過ごしていた。

だって憧れつづけた一人暮らしだ。遠くの大学を受験することに、両親は反対してた（特にお父さんなんて、合格してもなお、いやがるそぶりを見せていた）けど、やっぱり折れなくてよかった。

もちろん不満がないわけじゃない。不満の一番はやっぱり、部屋の狭さだ。内見のときにはそれなりに広く感じていた部屋だったけど、ベッド、洋服をかけるためのラック、テレビ台とテレビ、ローテーブル、なんかが運び込まれると、あっというまにスペースはなくなってしまった。テレビもすごく近くで観ることになっている。

それでもやっぱり、嬉しい。実家の部屋は妹と一緒だった。妹はそんなにうるさいわけでもないし、仲が悪いわけでもないけど、一人になりたい、としょっちゅう思っていた。

それに大学の雰囲気。まだ授業は始まってないので、ガイダンスくらいしか行けてないけど、サークルの勧誘がそこかしこであったり、当たり前だけど制服じゃないから、いろんな格好の人がいたりして、高校に比べて、全然学校っていう感じがしない。覗いただけだけど、学食も楽しそうだった。友だちができるかというのは大きな不安だけど、少しだけ話して、顔見知りになった子もいるし。それにサークルに入れば、もっと知り合いが増えそう。そろそろどういうサークルにするかを考えなきゃ。

あと、コンビニの多さも、東京を感じる。歩いて行ける範囲に、こんなに何軒もコンビニがあるなんて信じられない。しかも、同じチェーンの店があったりす

幻冬舎文庫 3月の新刊

幻冬舎文庫は毎月10日ごろ発売!

ファズイーター 組織犯罪対策課 八神瑛子

深町秋生

825円

警視庁の悪徳の女神、宿敵との最後の戦い

幹部の事故死や失踪が続き、混乱を極める指定暴力団・印旛会。警視庁上野署の八神瑛子は突然荒稼ぎを始めた傘下の千波組の関与を疑い、裏社会から情報を得て真相に近づいていく。だが、彼女自身が何者かに急襲されて……。

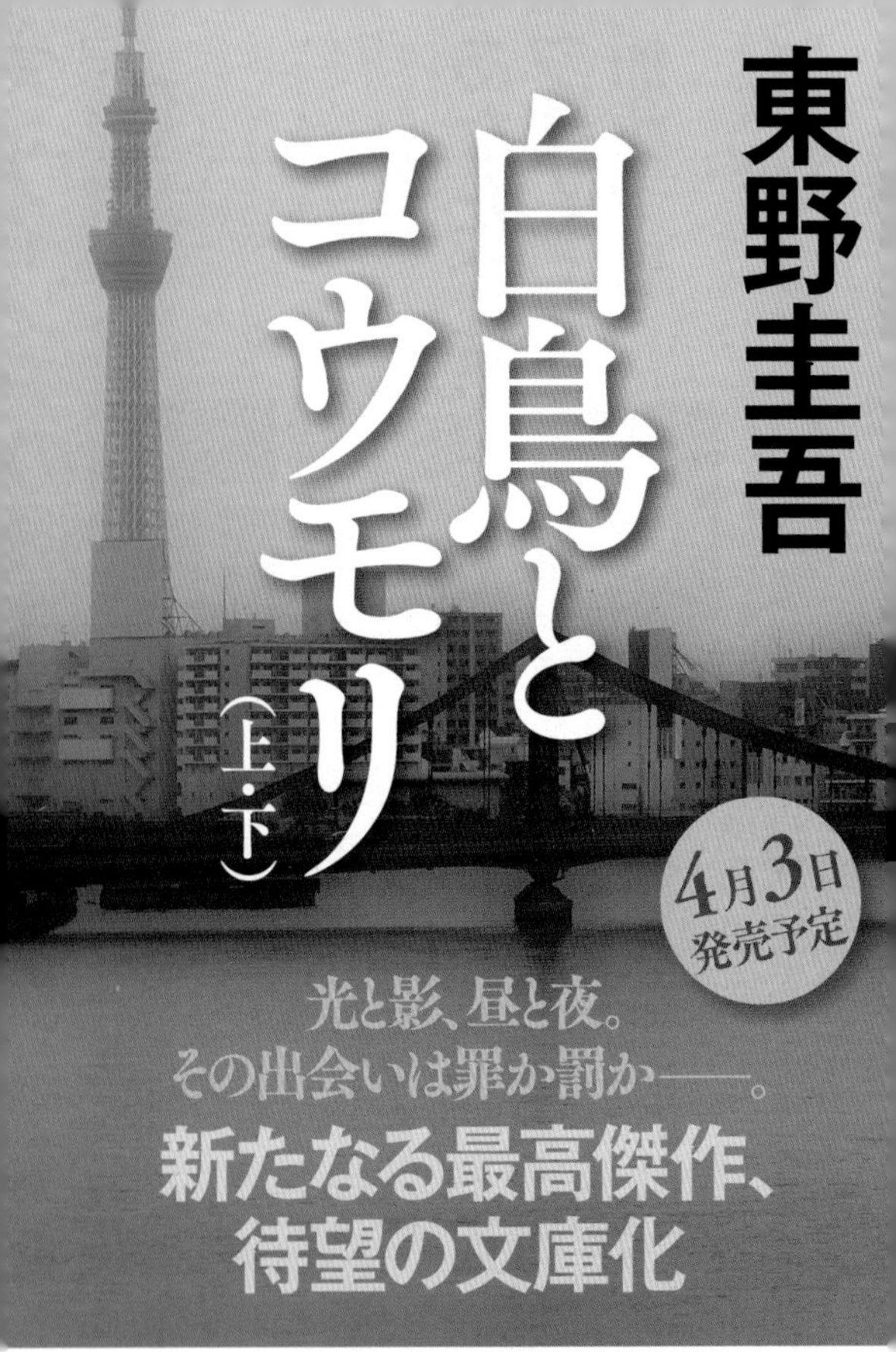

幻冬舎 〒151-0051 東京都渋谷区千駄ヶ谷4-9-7 Tel.03-5411-6222 Fax.03-5411-6233
幻冬舎ホームページアドレス　https://www.gentosha.co.jp/

るのが謎だ。経営は成り立っているのだろうかと、勝手に心配になってしまいつつ、いろんなパンを買ったり、プリンの食べ比べをしたりして、気づけば毎日コンビニをハシゴしている。

だって、好きな時間に、好きなものを、好きなだけ食べていいのだ。誰にも怒られないし、うるさく言われない。幸福感を味わっていた一週間だった。

でも振り返りみたいに思うのは、少し飽きてきたからだ。コンビニのハシゴにも、コンビニのお弁当やスイーツの味にも、深夜に好きな動画を観るのにも、朝から夕方まで眠るのにも。

それにお金の問題も大きい。どんどんお金がなくなっていく。まだバイトも見つけていないし、このままじゃお年玉や高校時代のバイトで貯めたお金が、すぐになくなってしまう。仕送りはもらえるけど、それだけで生活できるほどじゃないし。

それでようやく、自炊する気になったのだ。

スーパーは、地元のよりずっと狭かった。野菜もお肉も、全然種類がなかった。だけどふと見つけた砂肝が結構安くて、テンションが上がった。砂肝サラダは、お母さんが作る料理の中でも、かなり上位に入るくらい好きなのだ。引っ越す前の数日間は、家でいろいろ好きな料理を作ってもらったんだけど、砂肝サラダもラインナップに入っていた。かごに砂肝のパックを入れてから、キュウリも買い足すために、野菜売り場にUターンした。ごはん、豆腐のお味噌汁、砂肝サラダ、ハンバーグ。頭の中で献立を組み立てる。完璧な夕食だ。

調味料もどれがいいのかわからなくて、今日使う醬油や味噌やマヨネーズの他にも、オイスターソースとかケチャップとか、役立ちそうなものをひととおり買ってみたけど、実家にあるものとメーカーは違うだろうから、同じ味になるのかどうかわからない。いろいろ買ったら結構な重さになってしまい、エレベーターのない三階の部屋まで戻ってくるのは、ハードな運動みたいだった。無洗米も入っていたし、筋トレ状態だ。

帰ってきてわたしが最初にしたのは、お母さんへの電話だった。砂肝サラダの作り方を教えてもらいたかったのだ。お母さんはすぐに出て、作り方を教えてもくれたけど、砂肝は筋をとらなきゃいけないということと、隠し味に中華だしを入れていることを教えられて、心は折れかけた。中華だしなんて買ってない。

結局、砂肝の筋は、スマホで検索しながら必死にとって（でも肉の部分まで切ってしまい、かなり小さくなった）、隠し味はお味噌汁のために買っていた和風だしにした。

料理をするためには、炊飯器をどかさなくてはいけないこともわかった。コンセントが必要だから、部屋の床に置くことにしたけど、衛生的に大丈夫なのかちょっと心配だ。でも炊けたごはんは、ちゃんと食欲をそそる匂いだった。

完成したごはんとお味噌汁と砂肝サラダをローテーブルに並べ、食べはじめる頃には、もうすっかり夜遅くなっていた。こんなに時間がかかるとは思わなかった。

砂肝サラダを一口食べたときに、違和感があった。それから数口続けて食べて、思った。

何これ、違うじゃん。

ずっと食べてきた、お母さんの作る砂肝サラダとは、まるで別の味だった。中華だしじゃなくて和風だしにしたから？　いや、それもあるかもしれないけど、お肉はちょっと硬いし、全体的に味がぼんやりしてる。キュウリはもっと水を絞らなきゃいけなかったのかも。あと、玉ねぎがからい。ちゃんと聞いたとおり、水にさらしたのに。

しかも、ハンバーグ作り忘れてるじゃん、わたし。メインにするつもりだったのに。

豆腐のお味噌汁も、ぼやけた味だった。全然おいしくない。頼みのごはんですらも、実家で食べるもののほうが、ずっとおいしい気がする。無洗米だからなのだろうか。

スマホが鳴った。ＬＩＮＥだ。お母さんから。

【ごはん、ちゃんと作れた？

何かあったらいつでも言ってね】

ウィンクしてる絵文字がついてる。ちゃんと、じゃないかも。わたしは返信文を打ち込む。

【なんとか大丈夫】

パンダが踊ってるスタンプも一緒に送る。

明日こそ、ハンバーグ作ろう。絶対においしいやつ。

砂肝をたくさん嚙む。これからは何でも、自分で作れるようにならなきゃいけない。だってわたしが願って願って手に入れた、一人暮らし生活なんだから。

こんなとこで寂しがってる場合じゃない
やっと一人になれたんだから

納豆オムレツ――あたたかくて柔らかで

ある日突然、飼っている犬のモリーがしゃべれるようになった。

「ねえ、あのさ」

それがモリーの第一声だった。いや、犬としての鳴き声は何度も出していたんだから（特に家の裏に猫がいるのを発見したときとか）、第一声、とは言わないのか。

とにかくわたしは驚いた。

「モリー、しゃべれるの？」

驚いたままで訊ねると、モリーはこう言う。

「なんか、しゃべれるようになったみたい」

幼児みたいな明るい声。

あっさりと答えられると、そういうこともあるのか、とあっさりと信じられた。世界は広い。そういう犬がいても、いいのかもしれない。

「それよりお願いがあるんだけど」

「なに？」

わたしは言う。ソファから降りて、モリーの首のあたりをなでる。あたたかくて柔らかな感触。モリーは首をなでられるのが好きなのだ。まるで猫みたいだな、と、猫を飼ったことはないけど思う。

「納豆オムレツ食べたい」

「納豆オムレツ？」

わたしは訊き返す。

「犬が食べても大丈夫なのかな」

質問ではなくて独り言としてつぶやいたつもりだったのに、モリーが、大丈夫だよ、と答える。とりあえずネギを抜いて、隠し味のマヨネーズを控えめにしよう。で、醬油はかけないでおこう。

納豆オムレツは、昔からうちの食卓によく出てきたメニューだ。最近ではわたしもよく作っている。オムレツと呼べるほど綺麗な形ではなく、スクランブルエッグみたいになることもしょっちゅうだけど、家で食べる分には別に構わない。

「納豆食べたかったの？」

わたしは訊ねる。

「うん、気になってた」

モリーはなでられながらそう言う。

納豆、あったかなあ。なかったら買ってこなきゃなあ。わたしはそう考え、冷蔵庫を確認するために、ゆっくりと立ち上がる。

そこで、目が覚めた。

白い天井が視界に飛び込む。

夢か。夢だ。

そりゃあそうだよな、と思う。モリーがしゃべれるようになるはずがない。やけにあっさりと受け入れていたけど。

この部屋にモリーは来たことがない。大学入学をきっかけに始めた一人暮らしのワンルームマンション。ここではもちろんペットなんて飼えない。座っていたソファも、周囲の情景も、実家のものだった。

そして、何よりも。

モリーはもういない。この世に。


去年の冬だった。キャバリアがかかりやすいという心臓の病気で、少し前から覚悟はしていたけれど、いよいよもたないかも、という連絡を母親から受け取り、実家に向かう新幹線の中でも、既に泣いてしまっていた。

和室で横たわるモリーは、ぐったりしていて、もはや立ち上がることなんてできない様子だったが、手からあげたお水を少しだけ飲んでくれた。わたしがあげても飲まなかったのにね、と言ったお母さんも、泣き声だった。もはや病院に連れていくタイミングではないのは明らかだった。それまでずっと、モリーは何度となく病院に行き、頑張っていたことは聞かされていた。

死なないで、と思った。新幹線の中でも、ずっと祈っていたことだ。だけど苦しそうに浅い呼吸を繰り返すモリーをなでていると、ありがとう、頑張ったね、としか言えなかった。お父さんもお母さんもわたしも、みんな泣いていた。泣きながら、柔らかい体を何度となくなでた。明るい茶色と白がまじった毛。昔よりも、白の割合がずっと多く見える。

わたしが小学生のときに、モリーはうちにやってきた。キャバリア、という犬種名を、そのときに初めて知った。まだ小さくて、ぬいぐるみみたいだった。長い毛は触るとふわふわしていて、少し濡れたような大きな目が、わたしのことをじっと見ていたのを記憶している。

モリー、という名前もわたしがつけた。当時好きだった漫画からとったものだ。お父さんもお母さんも、最初は、もっと別の名前がいいんじゃないの、と言っていたが、すぐにモリーで定着した。

モリーは元気だった。たくさん遊んで、たくさん食べた。人が食べているものにも興味を示すので、食事中は大騒ぎだった。

だけどもう、そんな食欲の旺盛さは、おじいちゃんになり、横たわるモリーには、かけらも残っていなかった。何度か水をあげようとしたのだが、結局飲んだのは最初の一度きりだった。

モリーは、わたしが実家に到着して、一時間くらいしたときに死んだ。荒かった呼吸は止まり、かすかに上下していたお腹も、まったく動かなくなった。

楽になってよかった、と思った。だけどそれ以上に、悲しくて悲しくて仕方なかった。

「モリー」

わたしはそれまでと同じように、死んだモリーの体をなでながら呼びかけた。あまりにも泣いているせいで、きちんと名前が呼べていなかった。でも何度も呼んだ。十四歳で死んだばかりのモリーの体は、まだあたたかかった。

わたしはさっきの夢を振り返る。

納豆オムレツ、か。

ずっと気になってたのかな。どんな味なんだろうって。納豆オムレツをわたしたちが食べていたときのモリーの様子は思い出せない。でもモリーはずっと見ていたのだ。

相変わらず、食欲旺盛なんだな。

今はまた、いっぱい食べられるようになったのかな。それならよかった。生きているあいだには食べられなかったものも、たくさん食べたらいい。にしても。

もっと言うことあるじゃん。

わたしはモリーを思いながら、泣き、そして笑う。悲しいのかおもしろいのか自分でもわからない。多分どっちもだ。

お母さんに電話をしなきゃ。実家に飾ってあるモリーの写真の前にでも、お供えしてあげてほしい。

そしてわたしも今日は、あとで納豆オムレツを食べよう。

わたしはまた泣き、小さく笑う。夢でさっき触れた、現実で数えきれないほど触れてきた、モリーの柔らかさを思いながら。

ちぎられるような悲しみだけど
君に会えてよかった　絶対よかった

蒸し鶏とワカメのおにぎり――この瞬間を

まだ小学生の頃だ。テレビで、金メダルをとったという女の人を見た。女の人の後ろにはプールがあったので、水泳選手だとわかった。その人は十四歳だったのだと、隣で見ていたお母さんが教えてくれた。すごく昔、わたしが生まれる前にやっていたオリンピックでの出来事だということも一緒に。

「わたしも十四歳になったら、オリンピックに出て、金メダルとる」

お母さんは優しく笑いながら、帆乃香が十四歳のときにはオリンピックはやってないと思うよ、と言った。それから、でもいつか本当にそうなるね、とも。

わたしは女の人の名前も知らないまま、じっとテレビを見ていた。あれは、わたしの夢が生まれた瞬間だった。

そして十四歳になった今、わたしは、スイミングをやめることを、どんなふうにお父さんに切り出すべきか、悩んでいる。ここから家までは車で三十分以上かかる。それまでに話さなきゃ。

毎週日曜日は、このプールにやってくる。スイミングで通っているプールよりもずっと広いので、練習しやすいのだ。いつもお父さんが運転する車で来ている。朝に来て、夜に帰る。お昼はいったんプールから出て、お母さんが作ってくれたお弁当を、入り口近くのスペースか、外で食べる。他にもおやつを食べたり、トイレに行ったり、ロッカーでお茶を飲んだりすることもあるけど、基本的にはずっと泳いでいる。

信号が赤になって車が停まる。車の中ではずっとラジオがついている。

「食べていいからな」

運転席のお父さんが言い、わたしは、うん、と言う。

お母さんが用意してくれているおにぎりのことだ。帰ったら夕食をとるのだけれど、いつも、お腹がすいているだろうから、と、車内で食べるものを別に用意してくれている。今日も同様で、わたしが座る前の助手席には保冷バッグが置かれていた。バッグを開けて取り出した瞬間に、それが、蒸し鶏とワカメのおにぎりだとわかる。ラップを外して、口に入れる。いつもの味。落ち着く。泳ぎつかれて空っぽになっている体の中に、少しずつ入っていく。

プールには、○歳の頃から入っていた。プールに生まれて初めて入ったわたしは、きゃっきゃと声をあげて喜び、お母さんに抱かれた状態で一瞬水中に頭ごと潜ったときにも、両親の予想に反し、まったく泣き出すような様子はなく、きょとんとしていたらしい。もちろん自分の記憶があるわけじゃないのに、こんなにもはっきりとわかるのは、繰り返し繰り返し、お父さんがわたしに、時には別の誰かに、話して聞かせたからだ。この話をするときのお父さんは得意げで、満足そうな様子を見せていた。泣かなかったんだよ。そう語る声を、いつだって頭の中で再生できる。

　お父さんはかつて、水泳選手を目指していた。けれど肩を壊してしまい、それを断念せざるをえなかった。今は水泳とはまるで関係のないコピー機の会社で働いているが、一人娘のわたしに対して、水泳をやってもらいたいという気持ちはかなり強いものだったのだろう。お母さんも高校時代は水泳部に入っていた。わたしが水泳を始めるのは、必然的ですらあった。

　遺伝も大きいのか、〇歳のときから週に何度となくプールに入っていた（入れられていた、というべきか）わたしは、水泳に向いていた。水をちっとも怖がることなく、顔をつけるのも、バタ足も、あっというまにできるようになった。そのうちにスイミング教室に入会して通いはじめてからも、他の子たちとの差は歴然だった。泳ぐことは楽しくて仕方なかった。

　小学校四年生のとき、初めて出場した全国大会である、ジュニアオリンピックで優勝した。背泳ぎ種目。嬉しかったし、信じられなかった。通っている小学校で表彰されたし、地方のテレビ番組にもいくつか出て、わたしはちょっとした有名人みたいになった。将来の夢はオリンピックで金メダル、というのは、合言葉みたいに、わたしを紹介する記事や番組に登場した。もちろんわたしがそう言っていたからだ。

でも全国大会に出られたのは、その年と、次の年だけだった。

六年生以降のわたしが、どうしてこんなにもタイムを縮められなくなったのか、わたしにはわからない。コーチにもわからないし、両親にもわからない。フォームが悪いわけじゃない。どこかを怪我したというわけでもない。ただもう、タイムがさほど縮まらない。

今は全国どころか、県大会でも三位になるのがやっとだ。それでも充分すごいとコーチや中学校の友だちは言うし、そうなのかもしれないとも思う。だけど、これからまた成長していくよ、というコーチの言葉には、素直にうなずくことができない。そうじゃない、と、なぜかわかる。そうじゃない。わたしはオリンピックには出られない、と。

先月の記録会でのわたしのタイムは、小学校五年生のわたしのタイムよりも、三秒遅かった。

スムーズに走っていた車が、また赤信号で止まる。

ラジオから流れている曲が、間奏にさしかかる。今だ、という気がした。

「あのさ、スイミング、やめようと思うんだ」

何言ってるんだよ。

タイムのこと気にしてるのか。また頑張れば大丈夫だよ。

スポーツ推薦で入るって言ってた高校はどうするんだよ。

わたしはお父さんの言葉を予想しながら待つ。だけどお父さんは、意外なほどあっさりとした声で、そうかあ、と言った。あまりに普通だったので、何か聞き間違いをしているんじゃないかと思った。

「聞こえてた？」

確かめると、うん、スイミングやめるって話だろ、と言う。信号が青になり、車がまた動き出す。

わたしは残り少ないおにぎりをすべて口に入れる。蒸し鶏は昔から、食卓にしょっちゅう上るメニューだ。一番多いのはサラダ。たんぱく質が多く含まれている食材を、お母さんはたくさん使う。わたしが泳ぐために。

「お父さんはそれでいいの?」

心配になり、わたしは言う。思っていた流れとは、まるで違う。

「いいも何も、帆乃香の人生なんだから、帆乃香が決めることだろう。帆乃香がたくさん頑張ったのは知ってるし、俺がこれ以上言えることなんて、何もないよ。帆乃香のやりたいようにやったらいい」

ゆっくりとお父さんは言った。

「……わかんないよ。やりたいことなんて」

自分で切り出しておきながら、わたしはそう言う。わたしの生活から泳ぐことがなくなったら、どんなふうになってしまうのだろう。

「探したらいいよ。また泳ぎたくなったら、泳いだっていいんだし」

お父さんは前を見ながらそう言った。いつもどおりの、それでいていつもよりも、優しく聞こえる声だった。

テレビを見ながら、夢が生まれたあの瞬間を忘れていない。だから今、車の中のことも、ずっと忘れずにいようと思った。わたしが夢をあきらめた瞬間だ。わたしは右手の指で、左手の指に触れる。ずっと水中にいたから、しわしわになっている。その感触がおもしろくて、小さいときには、ずっと触っていた。

探せるのかな。わたしは窓の外を見る。すっかり夜になっている風景を。

あきらめるのにも勇気が必要で
体のどこかが点滅してる

きつねそば――過去でも未来でもなく

お腹はちっともすいていなかった。

それでも、一階にある食堂に入り、案内された窓際の席に座った。

メニューを開くが、書かれている文字と、その文字が意味するものが、頭の中でつながっていかない。眠いわけでも、激しく疲れを感じているわけでもなかった。ただ、自分の周囲に膜がはりめぐらされているように感じる。

四十代前半くらいだろうか、わたしに近い年齢とおぼしき女性が運んできてくれたコップのお水を、口に入れる。氷が浮いているが、そんなに冷たくはなかった。

とにかく頼むものを決めなくては、と思う。

目星をつけて、顔をあげたところで、女性と目が合った。近づいてくる。

「お決まりですか？」

「きつねそばください」

「はい、きつねそば一つですね」

メニューが片付けられ、女性が足早に厨房のほうへと行く。きつねそば、いちー。元気な声だ。今のわたしにはとうてい出すことができない声。

腕時計で時間を確認すると、十一時十五分を過ぎたところだった。もう半日以上を、病院で過ごしたことになる。当然一睡もしていなかった。でもやはり、眠気はない。

バッグにしまいっぱなしになっていたスマートフォンを取り出す。

LINEでの最新のやりとりは、夫と、大学生である息子の朔弥《さくや》との三人のグループのもので、わたしが送った「大丈夫です、ありがとう」という言葉で終わっている。寝ていなくて大丈夫かと心配してくれた朔弥に対してのものだ。既読はついているが、返事はない。二人とも、何を言っていいのかわからないのだと思う。

状況は朝、電話で夫に伝えたが、わたしにもわからない点が多くて、午後にまた医師の話を聞いてからでないと細かな部分ははっきりしない。ただ、なんとなく予感していることがある。

母は、そう遠くない未来、この世からいなくなる。

もしかしたら今日かもしれないし、明日かもしれない。一週間後かもしれない。わからないが、きっと、すぐだ。

窓からは手入れされた芝生が生え揃う、中庭が見える。この大学病院に来たのは初めてではないが、食堂に入ったのは多分初めてだ。

外で倒れたのはまだ幸運だったのかもしれない、と思う。不幸中の幸いというのは、まさにこういうことだろうか。清掃の仕事を終えて帰宅途中の母は、いきなり意識を失って倒れ、通行人たちが通報してくれたおかげで、すぐにここに救急車で運ばれた。これがもしも自宅に到着後だったなら、おそらくとうに命は失われていただろう。

とはいえ今だって、意識があるわけではないし、話なんてとうていできなかった。深夜と朝方に、少し会わせてもらえたものの、最低限の明かりだけついた空間で、固いソファで待っている時間のほうが、比べものにならないくらい長かった。

母は目を閉じていて、少し開いた口に、管がさしこまれていた。腕や足にも、点滴や器具がとりつけられていた。モニターに映し出される数字が、具体的に何を意味しているのかは、わたしにはわかりようがなかったが、死に近づいていることだけは、やはりわかった。

母は先月、六十九歳になったばかりだ。

まだ先生のお話まで、お時間かかるかと思いますので、よかったらお食事とってきてください。

優しそうな若い看護師にそう言われ、何も考えずに食堂にやってきたけれど、やはり、あのまま待っていてもよかったかもしれないと思う。この瞬間に母が死んでしまっては、わたしは一生後悔するのではないか。

一つ挟んだ隣のテーブルに、三人の客が案内される。男性二人に、女性一人。男性の一人はパジャマを着ていて、どうやら入院患者らしい。入院患者でもここで食事をとることができるのだな、と思う。食事制限などがなければ大丈夫なのだろうか。

あらかじめ決めていたかのように、すぐに注文を済ませた彼らは、楽しげに話し出す。

「いやー、ほんとまいったよ。早いとこ出ないと、仕事も回らない」

そう言ったのは、パジャマ姿の男性だ。

「いい機会だと思って、少しゆっくりしなさいよ」

女性が言う。男性の配偶者なのかもしれない。はいはい、と言われた男性は答え、笑う。

入院しているのだから、完全な健康体ではないはずだが、それでも充分、元気に見える。

母はもう、こんなふうに、はきはきと話したり、食堂で食事をとったりすることはないだろう。

関係ない人を思考に巻き込んでまで落ち込む自分は、なんて利己的なのだろうと思う。それでも考えずにいられない。食堂に来る前もそうだった。すれ違う人と、母を勝手に比較していた。今日目にしたあらゆる人たちの中で、母はもっとも、死に近い。

「はい、お待たせしました。きつねそばです」

縞模様の丼に入ったきつねそばが、目の前に置かれる。湯気が立っている。柔らかな醬油の香りが鼻に入る。一口食べられそうな気がした。

いただきます。

心の中で言い、割り箸を割る。

そばを口に運んだ。あたたかい。それだけで、おいしく感じられた。

もう一口。もう一口。

続けざまにそばを食べてから、中央に浮かんでいた、四角形の油揚げの隅をかじる。

想像よりも甘い味つけだった。無性に懐かしかった。

そういえば幼い頃、わたしはやけに油揚げを好んでいた。きつねそば、きつねうどん、いなりずし。母が、晶子はきつねの生まれ変わりかもね、なんて言うほど。きつねが本当に油揚げを好きなのかは知らないし、おそらく母も同じだろうけれど。

わたしが幼い頃に死んでしまった父の記憶は、ほとんどない。四つ上の姉のほうが、もう少し憶えているはずだが、姉は母と折り合いが悪く、ずっと連絡をとっていない。母の家のどこかに、姉の連絡先は書かれているだろうか。あとで見に行かなくては。それがどのタイミングなのか、わからないけれど。

とにかく今は食べなきゃ、と思う。

けして、特別おいしいきつねそばではない。それでも全部食べられる気がするし、食べなきゃいけないと思う。食べて、動く。食べて、願う。食べて、話す。食べて、生きる。食べる。

数口そばを食べ、また油揚げをかじった。

泣いている場合ではなかった。懐かしいきつねそばを食べきることが、わたしが今、すべきことだ。

逃げるのもただ思い出に浸るのも
いつでもできるからまだしない

マルゲリータ――光る夜

もしかしたら九月末の夜というのは、一年の中でもっとも、ベランダで過ごすのにふさわしい時なのかもしれない、と思う。

さまざまな色で光り輝く橋が見える。多くのマンションやビルが見える。光っている窓も、暗い窓もある。橋の下に大きくあるはずの川は、もう暗くて見ることができない。夕方のうちはとても綺麗に見えていたし、たまに行きかう船に向かって、見えないだろうと思いつつ、おーい、とみんなでふざけて手を振ってみたりもしていたけれど。

港湾エリアのタワーマンション。かなりの高層階。ここはもちろん自宅ではないし、自宅になりようもない。いったいどれだけお金を払えば手に入るのか、しがない会社員であるわたしには、見当もつかない。

口の中には、今さっき食べたばかりの、マルゲリータの味が残っている。すっかり冷めてしまって、届いた直後に食べたものとは別物だけど、景色を見ながらだと、なぜか妙においしく感じる。

高校時代からの友人の一人が、事務所引っ越したから遊びに来て、と何人かに声をかけてくれた。友人がネット関係の仕事をしていることはわかっているが、詳しい仕事内容は知らない。おそらく説明してもらったところで、理解できないと思う。なんにしても、広々とした部屋を見る限り、ずいぶん調子が良いのだろうなあということは伝わってくる。社長はもちろん他にいるのだが、休みのときは好きに使っていいよ、ただし壊さないでね、と言っているとのことだった。注意がなかったとしても、いかにも高そうなパソコンが並んでいるところには、恐ろしくて近づけない。

「何してんの」

振り向くと、そこには白井が立っていた。わたしと同じように、プラスチックのコップに入ったビールを持っている。

そのうちに誰かに呼ばれるかもしれない、とは思っていたが、白井なのは意外だった。

「夜景観賞」

「いいね」

茶化されなかった。一瞬開いた大きな窓ガラスがまた閉ざされて、みんなの声が遠くなる。だけど、みんなが楽しそうに話していることだけは伝わってくる。この笑い声は、葉月《はづき》のものだろう。

白井がわたしの隣に並ぶ。

「なんでピザ持ってきてるんだよ」

ベランダにある折りたたみ椅子に、マルゲリータがのった紙皿を置いていたのだが、それを指さして笑いながら言われた。

「いいじゃん。外で食べるとおいしいんだよ。食べる？」

断られるかと思いきや、食べる、と言われた。

紙皿ごと渡すと、わたしの食べかけのほうをそのまま口に入れる。新しいのを食べていいのに、と思う。

「ほんとだ。うまいかも。いや、まずくない？」

「どっちよ」

「わかんない。まあ、どっちでもいいけど」

白井にそう言われ、また食べたくなってしまったので、まだ手をつけていなかったピースを口に運ぶ。冷えたチーズの味。トマトソース。やっぱりそんなにおいしくないんだろうけど、妙においしい。

「気持ちいいな、これくらいの気温」

白井が言う。

わたしは、マルゲリータの残りを紙皿に戻してから、だよね、と勢いよく同意してから横を向いた。

白井は微笑んでいて、あれ、こんな顔で笑うんだっけ、とわたしは思う。ベランダの柵に置かれた、自分の手とはまるで異なる、わずかに骨ばった手が魅力的に見える。

わたし、もしかして。

微笑みをまばたきで見逃さないで
これから長い夜がはじまる

キュウリのヨーグルトサラダ——沈没船から

眠れない。眠りつづけるのにも体力がいるのだということを、この数日で身をもって知った。

登録しているお店やメーカーからのお知らせや、わたしにはまるで関係のないニュースを伝えるＬＩＮＥを見るのにも飽き、パズルゲームを起動しかけて、目の奥の痛みに気づき、スマホをそのまま横に置いて目を閉じた。まぶたを軽く押してみる。

わかってる。こんなことしてる場合じゃない。わかってる。よくわかってる。

「ここで逃げ出すような人間は、どこに行ったって通用しないよ。社会のゴミになるよ、ゴミ」

わたしが差し出した退職願の封筒を、片手で机に叩きつけるようにしながら、課長は言っていた。その声は、一ヶ月以上経った今も、容易に頭の中で再生できる。というか、再生したいなんて思っていないのに、勝手に再生されてしまう。

喉の渇きと尿意という、相反するはずのものを同時におぼえ、わたしはベッドから起き上がる。1Kの狭い部屋なので、トイレまではほんの数歩。トイレで用を足し、流してから、もっと広い部屋に引っ越したいな、と思う。だけどそんな余裕あるはずがない。預金残高が底をついてしまったら、わたしはどうしたらいいんだろう。

両親にもまだ仕事を辞めたことを話していない。内定時からずっと心配されていた。怪しい会社なんじゃないの、と心配する彼らに、大丈夫だってば、と怒っていたけれど、結局両親の言うとおりだった。

入社前の研修旅行から、なんとなくおかしい、と気づいていた。怒鳴られながらの笑顔の練習、道を歩いている見知らぬ人たちへの「今日もおつかれさまです」の連呼、社訓の暗唱。いわゆるブラック企業なのではないか、と薄々感じとっていた。そして実際、入社後に配属された「カスタマー係」は、出社から退社までひたすらに、クレーム対応をする係だった。

それでも一年は耐えようと思っていた。給料だってもらえているし、夏のボーナスも、最初だから少しだけど、という前置きの上で、三万はもらえたし。優しい先輩たちだって同僚だっていた。一年後には部署異動だってありうるかもしれないと思った。

けれど、異動したい部署なんてないことにも気づいてしまった。同期入社した数名が、それぞれに、つらそうな日々を送っているのがわかった。優しい先輩たちは、いつしか一人二人と抜けていった。沈没する船だ、と悟った。

ある日から、身体のいたるところに、赤い水ぶくれのようなものが出た。手足に出ていたそれらは、顔にも出るようになった。数日でおさまるかと思いきや、痛みやかゆみが日に日に強まっていった。皮膚科で、帯状疱疹だね、ストレスかな、と言われたときにまっさきに浮かんだのは、職場だった。それしかなかった。わたしの身体は、とうに限界を迎えていたのだ。

冷蔵庫を開けて、水出し麦茶のボトルを取り出す。コップに注いで戻すときに、中央の棚のボウルの存在を思い出す。もう一日以上経っている。

空腹よりも、面倒さが勝っているが、今作らなければ、二度と作れないような気がする。

わたしは麦茶を一口飲んでから、そのままボウルを出し、キュウリも取り出した。

本当はキュウリも、塩もみをして水分を出したほうがおいしくなるとは思うのだが、そこまでする気力が足りない。二本を角切りにする。不揃いなキュウリが、まな板の上に並ぶ。

ボウルを取り出す。内側の、一回り小さいザルに敷かれたペーパータオル。さらにその上に、白いかたまり。水切りしたヨーグルトだ。

麦茶を飲みほし、そのコップに、ボウルの中の液体を入れた。薄いヨーグルトの風味。別のコップを出せばいいのに、面倒さが勝った。【ホエー　利用方法】、と検索することも一瞬頭をよぎっていたが、それもエネルギーが足りない。

今度は空にしたボウルに、水切りしたヨーグルトを入れる。チーズみたい。切ったばかりのキュウリと、冷蔵庫から取り出した、ミックスソルトと瓶詰のみじん切りニンニク。ミックスソルトもニンニクも、期限が切れているかもしれない。確認しない。どちらも適当な量を入れ、ボウルの中で混ぜた。

白の中に埋もれてゆく緑。適当に混ぜたところで、混ぜるのに使っていたスプーンを、そのまま口元へと持っていく。

あ、おいしい。

塩っ気がもう少しあってもいいかもしれない、とも思ったが、もうこれでいいや、という気持ちになった。立ったまま、包丁とまな板を洗うこともせずに、数口たてつづけに食べる。

キュウリのヨーグルトサラダは、かつて、友だちとトルコ料理店で食べた。意外な組み合わせがおいしくて、調べてみると作り方もすごく簡単で、一時期ハマってしょっちゅう作っていた。もっともあの頃は、もっと丁寧に作っていたけれど。キュウリも板ずりしてから揃えて切っていたし、ニンニクも普通のニンニクを買ってきてみじん切りにしていた。

でも、これでも充分おいしい。

久しぶりに行ったスーパーで、安売りのヨーグルトを目にした瞬間に、キュウリのヨーグルトサラダを思い出していたのだった。

あの頃から、ものすごく変わってしまった気がする。失われたものばかりだ。だけどまだ、料理を作ったりもできるし、おいしいと思うこともできる。

ゴミじゃない、と思う。実際のわたしは、課長に何も言い返すことができなかった。想像の中でも、うまくできない。だけど、ゴミじゃない。少なくとも、それはわかっていなければいけない。

ヨーグルトの酸味が、喉を通って身体の中に落ちていく。噛んだキュウリが、口の中で小さく音を立てる。元気になっていける。自信なのか、願望なのか、祈りなのかわからないけれど、とにかく思った。

誰だって自信を持って逃げていい
まだ逃げこめる場所はあるから

さつま揚げの煮物——残ったお皿

風香の家から帰ってくると、おばあちゃんが死んでいた。

うつぶせで布団からはみ出していて、最初は死んでいるなんてわからなかった。

なんでこんなところで寝てるんだろう、と思ったくらい。だけど触った瞬間に、
その冷たさに驚いて、だいたいこんな昼過ぎに寝てるわけないじゃん、って同時に気づいた。

救急車、と思いながら、ママに電話してた。つながるなり、おばあちゃん死んでる、と言ったところまではおぼえている。あとの記憶は、モヤがかかったみたいにぼうっとしている。ところどころはハッキリしてるけど、何をどういうふう

にしたのか、さっぱりわからない。ただもうそれから四日ほど経って、おばあちゃんは骨壺の中に入ってる。

おばあちゃんは、わたしの親代わりだった。

父親は顔も知らない。昔から存在しないものだった。ママは仕事（知り合いの会社の手伝いとか、スナックとか、いろいろ。今はスナックで働いてるはずだけど、恋人の松田さんに養ってもらってるのかもしれない。ほぼ松田さんの家で暮らしてる、はず）でしょっちゅう留守にしてたし、おじいちゃんもわたしが生まれる前に死んじゃってるから、この家にはたいてい、わたしとおばあちゃんだけだった。

よく喧嘩していた。おばあちゃんは口うるさかった。風香の家に泊まりに行くときも、ちゃんと向こうの親御さんにご挨拶しなさいよ、とか、お土産忘れないようにね、とかいろいろ言うから、もうわかってるってば、と怒りながら言った。多分それが最後のやりとりだと思い出したとき、めちゃくちゃ後悔した。一応そのあとで、行ってきます、行ってらっしゃい、っていう挨拶も交わしたはずだけど、もっと別のことを言えばよかった。いくらでも言えたのに。

ところどころはハッキリしてる数日間の記憶の中には、近所の人や親戚に、きっと萌ちゃんの進路が決まって安心して旅立ったのね、って言われた場面もある。わたしはあと数ヶ月したら、高校を卒業して、看護学校に入学予定なのだ。だけどもし、そのせいなんだとしたら、進路なんか決めなきゃよかったって思う。わたしが進路を決めずにふらふらしていることで、おばあちゃんがもっともっと生きたんだったら、絶対にそのほうがよかった。きっとこんなふうに話せば、近所の人も親戚も、そうじゃないわよ、と言うんだろうけど。

脳の血管が切れたんだそうだ。おそらく即死だったと。苦しまなくてよかったとママは言っていた。実際に、表情も柔らかいものだった。ただ目をつぶってるだけみたいな。だけどおばあちゃんが本当に苦しんでなかったのかどうかはわからない。一人きりで死なせてしまった。風香の家に泊まりに行くのなんて、別の週でもよかったのに。わたしが風香の元カレの話を聞きながら、超笑ったり、超ひいたりしていた瞬間に、おばあちゃんはこの家で一人で死んでしまったのだと考えると、苦しくてたまらなくなる。

おばあちゃんは、わたしのことを思っただろうか。萌ちゃん、って呼んだりしただろうか。ものすごく怒ってるときでも、おばあちゃんは、わたしをちゃん付けで呼んだ。子ども扱いしてるように感じられて苛立ったときもあるけど、なんにしても、もう二度と呼ばれない。

おばあちゃんは死なないものだと思っていた。まだ七十一歳だし。死ぬにしても、九十歳とか、そのくらいになってからだっていう気がしてた。それに元気だった。耳が遠かったり、目が悪かったりはしたけど（おばあちゃんが洗った食器は、もう一回洗わなきゃいけないときが多かったし、トイレやお風呂の掃除も汚れが残ったりしていた）、病気なんて全然してなかったし。わたしのほうがよく風邪をひいていたくらいだ。死ぬ前日だって、なんなら死ぬ日の朝だって、本当にいつも通りで、元気だった。元気だったのに。

「おばあちゃん」

テーブルの上、骨壺の近くに並べた「遺影」に向かって、わたしは呼びかけてみる。なんにも返事はない。お通夜のときも、お葬式のときもそうだった。遺影や、棺桶の中のおばあちゃんに向かって、わたしはたくさん話しかけた。心の中で。たまに小声で。誰もいないときには普通の声で。だけど一切変化はない。ろうそくの炎が揺れるとか、近くの物が落ちるとか、一切。

家に帰ってきて、二人きりになったら、と思っていたけど、やっぱり同じみたいだ。

夢にもまだ出てきてくれていない。幽霊になるにも時間がかかるんだろうか。わたしは怖がりだけど、おばあちゃんだったら別にいいのに。大丈夫なのに。

何も言ってくれないおばあちゃんに背を向け、台所に行く。

「萌ー、少しは食べなさいよ」

ママの言葉を思い出す。この数日、自分が何を食べたのかも思い出せない。ママがあまりにしつこいから、出されたお寿司を少しつまんだ記憶はあるけど、それが海老だったかイカだったか帆立だったかもわからない。穴子を見て、おばあちゃんを思い出したのは確かだ。おばあちゃんは穴子が好きじゃなくて、お寿司の穴子は、いつもわたしにくれた。代わりにおばあちゃんの好きな白身魚をあげようとしても、いいのいいの、と断られた。だから、お寿司はわたしがいつも多く食べていた。

冷蔵庫を開ける。

少し深さのあるお皿が目に飛びこむ。取り出すと、思ったとおり、さつま揚げと野菜の煮物。人参と玉ねぎといんげんだ。

どういうこと、と、声には出さずに、わたしはものすごくびっくりする。おばあちゃん、もしかして、幽霊になって料理したの？

そして理解する。これは、おばあちゃんが死んだ日に作ったものなんだと。わたしが風香の家に行ってから、きっとすぐに。あれから冷蔵庫を開けていなかったはずはないけど、あまりにぼうっとしていたから、気づかずにいたのだろう。ラップを外し、匂いをかぐ。いつもの煮物の匂い。四日経っているけど、ずっと冷蔵庫にあったし、多分大丈夫だ。

わたしはお皿とお箸を持って、和室に戻る。物置からひっぱり出して、無理やり置いた折りたたみテーブルに並べられた、遺影と骨壺に向かい合うように座り、言った。

「いただきます」

なんでこんなところで食べるの、と注意されるに違いなかった。畳の上に直接お皿を置くなんて、おばあちゃんはやらない。だけど今はここで食べたかった。

まったく腐ってなんかなくて、いつもの味だった。醬油とみりんがしみた、いつもの煮物。少し甘めで。

食卓にこれが並ぶと、またさつま揚げか、とわたしは内心ガッカリしていた。

手をつけないこともあった。そのくらいしょっちゅう登場していた。もう底の焦げがとれなくなっている小さな鍋で、おばあちゃんが作るさつま揚げの煮物。

おいしい、とは思わなかった。やっぱりお肉のほうがわたしは好き。だけど全部食べなくちゃと思った。だって二度とおばあちゃんには作ってもらえない。死んでしまったから。明らかに一人で食べるには多すぎるけど、おばあちゃんはもう、食べることもできない。捨てたくない。食べなくちゃ。

そういえば料理のレシピなんて、何も教えてもらっていなかった。わたしは多分、おばあちゃんは死なない生き物だと信じていた。だから、おばあちゃんが作る料理で好きなものがあっても、レシピを教えてもらうなんて、考えもしなかったんだ。またおばあちゃんが作ってくれるから。

「おばあちゃん。おばあちゃん」

わたしは繰り返し呼びかける。遺影の中でおばあちゃんは小さく笑っている。

高校まで修学旅行の迎えに来てくれたときに、わたしが撮ったものだ。遺影のための写真が全然なくて、ほぼ毎日一緒にいたのに、ちっとも撮ってなかったんだろうって後悔しながらスマホの中をスクロールして、ようやく選んだもの。

「おばあちゃん」

繰り返し呼びかけてみる。何も返事はない。さつま揚げの煮物は、お皿の中にまだ入っている。

当たり前になってしまっていた景色
ありがとうって言えばよかった

リンゴのシナモンソテー——違う台所で

目を覚ましてすぐに、かたわらにあったスマートフォンで時刻を確認した。十時を過ぎている。こんな時間まで寝ているなんて、ずいぶん久しぶりだ。会社がある平日は、七時には起きているから、休日でも同じくらいの時間に目が覚めるようになっていた。

昨日は何時まで飲んでいたんだっけ、いや、確実に日付は今日になっていたな、と、テーブルの上にずらりと並んだチューハイの缶を見ながら思う。二時は過ぎていた。もしかしたら三時も。二日酔いになっていないのはラッキーだ。

ソファで眠る千夏は、少しだけ口を開けている。ベッドで寝ていいよ、と何度も言ったのに、結局遠慮されてしまった。身体が痛くなっていないか心配だ。

こんなふうに女友だちに泊まってもらう自由なんて、もう二度とないような気がしていた。

起こさないように静かに、トイレに行って用を足し、手を洗ってうがいをすると、途端に空腹を感じた。昨日コンビニで買った、軟骨の唐揚げがまだ少し残っているはずだが、もっと甘いものが食べたい気分だ。

冷蔵庫を開けるが、大したものは入っていない。それでも、野菜室で片隅にたたずむリンゴを見つけた。数日前、スーパーで見かけて、食べたくなったのだが、結局今日まで手つかずだった。

食パンは常備してあるし、安かったのでつい買ってしまった大きいヨーグルトもある。

あれを作ろう、と決める。

リンゴの表面を水で軽く洗っていると、人が動く気配がした。千夏だ。

「あれ、ごめん、起こしちゃった？」

「ううん、目覚めた」

そう言いながら、さっきのわたしと同じように、トイレに入っていく。出てきた千夏に訊ねる。

「身体痛くない？」

「大丈夫だよ。なんか家よりぐっすり眠れたかも」

そう言いながら、何度も目をこすっているので、いや、まだ眠そうじゃん、と笑いながら言った。

「何作ってるの？」

「リンゴのシナモンソテー」

名前なんてなかったから、今この瞬間に名づけた。

「え、なにそれオシャレ。おいしそう」

「すぐできるからちょっと待って」

包丁で八等分にし、芯の部分をとったリンゴを、まな板の上に置く。引き出しからピーラーを取り出し、皮を剝いていく。剝いた皮はそのままシンクに捨てる。後でまとめて片付けよう。

「え、それで剝くの？」

見ていた千夏が、驚いたように言う。

「え？」

「包丁じゃないんだ」

そこまで言われて、何に驚いているのか理解する。ピーラーを使っているのが、意外だったのだ。

「ああ、前は包丁使ってたけど、こっちのほうが綺麗に薄く剝けるから」

答えながら、そういえば、と思い出す。そういえばかつて、今の千夏と同じように驚いたことがあった。この部屋ではない、別の部屋の台所で。

「ピーラー使うの？」

そう訊ねたわたしに、うん、いいんだよ、薄く剝けて、と文彦は答えた。あのとき、リンゴはいくつかをそのまま食べて、余った分はすべてイチョウ切りにして、バターを溶かしたフライパンで炒め、砂糖とシナモンをまぶした。それはわたしが昔から好んでいる食べ方だった。こんなふうに食べたことなかったな、と文彦は言った。

まだ付き合いはじめて少しした頃だった。これから結婚するとも、ましてやその数年後に離婚するとも、思ってもいなかった時期。

離婚をして、久しぶりの一人暮らしに、喜びをおぼえているのは嘘じゃない。だけど確実に、文彦と過ごした日々は、わたしの中に残っている。これからもずっと。

「いいね。わたしも真似しようかな」

千夏が言う。いいよー、とわたしは明るく答える。わたしが誰の真似をしたのかは言わない。

「できたやつ、トーストにのせてもいいし、ヨーグルトにいれてもおいしいよ」

わたしは付け加える。かつて文彦にも伝えたように。文彦はリンゴをこんなふうにして食べることが、まだあるだろうか。

記憶は砂　また出てきてる
いつのまにこんなところに入りこんだの

ハンバーガー――高速メッセージ

数時間静寂を保っていたスマートフォンが、夕方になってようやく鳴る。

通知はろくに見なかった。おみーからだとわかっていた。

予想通り、おみーからのＬＩＮＥだった。そう長くない文面を二回読み返してから、続けられた「わかる」のスタンプに笑った。カエルがダンベルを持ってトレーニングしているイラスト。そのシュールさがおもしろかった。おみーはスタンプをやたらと持っている。見たことないものばかり。

【スタンプおもしろすぎ
話が入ってこない】

そう送ると、またすぐさま返事が来た。いくつもたてつづけに。どれもスタンプだ。
「このままじゃ滅亡」踊っている三匹の猫のイラスト。
「二年ぶりだな」戦隊もののヒーローのようなイラスト。
「戸締まり確認よし！」指をさしている女の子のイラスト。
どれもタッチが違うし、内容に一貫性がない。さらにメッセージが届いた。
【どれも使い道がなくて、封印してたスタンプ
今使えて嬉しい
これで成仏できる】
なんだそれ、と思い、声を出して笑った。わたしが高速で送るメッセージに、また高速で返信が来るはずだ。
おみーとは「Twitter で知り合った。ハマっている深夜アニメの感想についてサ

ーチしていたときに、おみーのつぶやきをたまたま見つけた。何気ないものだったけど、わたしの漠然とした感想を、上手に言語化してくれていたので、他のツイートも見てみると、ことごとく共感できるものばかりだった。あるいは、新鮮な視点に驚かされるもの。

しかも、自分と同じ十六歳の高一女子だということがわかって、これはもう運命なんじゃないか、と思った。すぐさまフォローして、かなり熱い長文のDMを送った。勢いで送ってから、いや、これはひかれる可能性もあるかも、と思ったが、すぐに返事が来て、何回かやりとりするうちに、LINEを交換した。LINEでのやりとりは、Twitter のDM以上に盛り上がった。

おみーの下の名前が実桜《みお》であることとか（ひっくり返して、おみ、さらに響きを良くするために伸ばし棒をつけたのだという）、前クールで好きだったアニメも同じであることとか、何か一つ新たな情報がわかるたびに、テンションが上がった。いくらでも話したかったし、いくらでも聞きたかった。

毎日信じられない数のやりとりをしているわたしたちだけど、平日の朝から夕方まではそれができない。

おみーの通う高校は、授業中はもちろん、休み時間もスマートフォンの使用は原則禁止、らしい。非常時ならばその限りではない、とのことなのだが、非常時かどうかなんて判別できるわけないじゃん、それって学校が決めることじゃないでしょ、わたしにしてみればあらゆるものが非常なのに、と前にＬＩＮＥで憤っている様子を目にした。もっともだと思うが、一方で、そんなふうに言いつつも、使用せずにいるおみーの真面目さにも驚かされる。確認したわけじゃないけど、平然と使用している子はたくさんいるだろうし。

ともかく、おみーが学校を出たあとの夕方から眠るまでの数時間と、起床時から登校までの一時間ほど（おみーは朝が弱いので、やりとりができない日というのもある）が、この数ヶ月のわたしの活力となっているのは間違いない。

三日後の土曜日、わたしたちは初めて、直接会うことになっている。好きなアニメのグッズショップが、期間限定でオープンするので、勇気を出して誘ってみたのだ。うちからはまあまあ近いけど（とはいえ三十分はかかる）、おみーの最寄り駅からだと一時間以上かかるから、断られるだろうな、と思っての誘いだった。そもそもTwitterで知り合った人とはリアルには会いたくないかもしれないし、などと考えると、誘うこと自体、ものすごく悩んだ。それでも、実際に会って話したい気持ちのほうが上回っていた。だから、すぐさま【行く！！！】と返ってきたときは、涙ぐむほど安堵した。

ものすごく楽しみなのと、ものすごく緊張しているのが同居していて、うっかり熱でも出てしまわないかが心配だ。おみーに伝えたときは「完全一致！」というスタンプで返してくれたけど（女の子が旗を持っているイラストだった）、楽しみな気持ちも緊張も、わたしのほうがずっと大きい気がしている。

気づいたらこの数日は、何を着ていこうか、と考えている時間が長くて、デートみたいだな、と思う。実際にデートをしたことはないけど（もしかしたら今後もないかもしれない)、きっとこんな感じなんじゃないだろうか。

早く会いたい、という気持ち、会ってガッカリされたらどうしよう、という気持ち、うまく話せるだろうか、という気持ち。いろんな感情が溶けてくっつき、巨大化してて、このところのわたしの思いは、とうてい言語化できないものになっている。でもひょっとすると、おみーなら、的確にまとめてくれるのかもしれない。わたしがまるで言い表せていなかった、わたしの気持ちについて。


お互いの服装を伝えていたから、すぐに近づいていくことができたけど、服なんて聞いていなくたって、おみーだとわかった気がする。わたしがそんなふうに言うと、おみーも、完全一致、と言った。スタンプじゃなくて肉声で。思ったよりも低い声で。

おみーが実在していることが嬉しくて、やけににやついて不審者めいてしまわないか不安で、クールな表情を作ろうと心がける。話し方も同様だ。

「ごはん、何食べよっか」

わたしが言うと、おみーが、あのさー、変なお願いなんだけど、と前置きをした。

変なお願い、という言葉に、少し身構えてしまう。まさか、いきなりお金を貸してとか言われてしまうのだろうか。手持ちはそんなにない。というか、あっても貸したくない。でも理由を聞いてみなきゃ。いや、でも。

「一緒にマック行かない？」

頭の中でいろんなシミュレーションが駆け巡っていたので、提案をすぐにのみこめなかった。一瞬遅れてのみこんだ。反射のように訊ねる。

「マックって、マクドナルド？」

「そう」

「なんでそれが変なお願い？」

変なお願いと言った理由がまったくわからない。浮かんだ疑問をそのまま口にすると、おみーは、どこか恥ずかしそうに言った。

「わたし、ハンバーガー、食べたことないんだ」

「えっ、まじで？」

自分でも意外なほど大きな声が出た。クールさなんてちっともない。

「やっぱり驚くよね。あ、もちろん存在は知ってるよ。漫画でもアニメでも見たことあるし、あとテレビとか」

「なんで食べたことないの？　好き嫌い？」

「ううん、そんなことない。でも、食べるタイミングがなかったの。あれってみんな、いつ食べてるの？」

「え、いつって。いつだろう。たとえば、休日のお昼とか？　あと、友だちと集まったときとか？」

「うち、家があんまり外食しないし、友だちと遊ぶときもなぜか全然行かなかったんだよね。だからずっと、食べてみたいな、と思ってたんだけど」

「おみーって、めちゃくちゃプルジョア？」

「全然そんなことない。絵に描いたような中流家庭。狭いマンション暮らしだし。でもそうだよね、やっぱり、そういうふうに思うよね。みんな食べてるもんね」

「いや、ごめんごめん、びっくりしちゃって」

ハンバーガーを食べたことがない人がいる、なんて考えてもいなかった。

「ごめんね、変なこと言って」

「ううん、いいよ。え、でもさ、マックでいいの？　初めてなら、もっと高級なハンバーガーのほうがよくない？　あと、特別な日のほうがいいんじゃない？」

「マックが食べてみたいと思ってたの。それに、特別な日じゃん。今日、初めて会えたし」

おみーにさらりと言われたことが、泣きそうになるほど嬉しくて、胸に刺さった。だけどちっとも気にしてないふうに言った。

「じゃあ行こうよ、マック」

人生で初めてのハンバーガーは、どんな味に感じるんだろう。わたしは人生で初めてハンバーガーを食べた瞬間をおぼえていない。だけど、だからこそ、おみーの初めての瞬間は、しっかり見届けよう、と心に決める。

そして食べ終えたら、あのことを話そう、とも思う。今日は話すつもりじゃなかったけど。

わたしは数ヶ月、高校に通えていない。特に何かがあったというわけじゃないけど、気づいたら行けなくなっていた。そんな中で、おみーとTwitterで知り合えて、やりとりできて、本当に助かっていたっていう話。

何バーガーにしようかな、と思いながら、おみーと並んで歩き出す。一緒にハンバーガーが食べられることが、猛烈に嬉しい。

話したい聞きたい話したい聞きたい
時間足りないって笑いたい

サワークリームオニオン味チップス――きっとさいご

「来月、結婚するんだよね」

セックスを終えて、しばらくベッドに並んで横たわっていたが、上半身を起こしたときにそう言われて、訊ねた。

「誰が？」

「おれが」

「まじで？」

「まじで」

「へえ」

「もっと驚くかと思った」

「驚いてほしいの？」

「いや、そういうわけじゃないけど」

驚いていないわけじゃなかった。あまりに他人事のように言うから、誰の話かと思っただけだし。充分に驚いている。

おめでとう、と言うべきかと思ったが、それも不自然な気がして、大変じゃん、と言おうかと思ったが、それも別に言いたいわけじゃなかったから、どちらも選ばずに、さっき脱がされた下着に手を伸ばして身につける。

「結婚式とかやるの？」

「やるけど、海外だから、身内だけ。ハワイで。あと食事会みたいなのはやるけど、それも親戚のみ」

もしかしてあたしが結婚式に出ようとしているとでも思ったのだろうか。身内や親戚のみというのを強調されたようで、なんだかむかつくが、あえて否定するのもいやだった。

「へえ」

「会社も辞めるから、忙しくなりそう」

「え、辞めるの？」

結婚するのに辞める、なんて意味がわからない。それに辞めるなら、暇になる、の間違いではないのか。

「向こうが一人娘なんだけど、実家が会計事務所で。後継ぎがいないから、おれにまかせたいって言ってて、これから公認会計士の資格とらなきゃいけないんだよ。事務所で働きつつ、専門学校通って。勉強なんてやり方忘れたよ」

「それ、いやじゃないの？」

「いやだけど、まあ、今の会社も好きなわけではないし、仕方ないんじゃない」

なんでこんなに他人事めいているんだろう、ということと、そういえばこの人はあたしとは違って、わりと賢い大学を出ているんだよな、ということを同時に思う。やっぱり、へえ、としか出てこない。ワンピースを着てしまおうか、このまま下着姿でいようか迷う。ホテルを出る前に、もう一度セックスする気はあるんだろうか。

どうしようかなあ、と思っていると、後ろから抱きしめられた。手はいつものようにブラの中に入れてくるのではなく、わたしの両肩に回されている。抱擁、という感じ。

今までありがとう、なんて言ってきたら、本気で殴ってやろうかな、と考える。でもそんな言葉は別に言われずに、また何事もなかったかのようにすっと離れていき、感触と温度が遠くなる。

もう会えないのかもしれないのか。

そんなに寂しいわけではない。好きなわけでもないし、ましてやこの人と結婚したいわけでもない。むしろ絶対にいやだ。時間にルーズだし、言ったことをすぐ忘れるし、お酒を飲みすぎるし。こういう関係になったのだって、お酒の勢いだ。彼氏にだってしたくない。

でもじゃあ、あたしの中に生まれた、このモヤモヤはなんなんだろう。

下着姿のままベッドを出て、あいているスペースに無理やり置いたようなソファに腰かける。テーブルの上のタバコに手を伸ばしかけて、やっぱり、食べかけのお菓子に手を伸ばす。

ポテトチップなんだろうか。でも、とうもろこし粉も入っている。昔からよく見ていたパッケージ。だけど「サワークリームオニオン」味は初めて食べた。というか、ホテルに来る前に寄ったコンビニで、これ食べたことがないんだよね、というあたしのつぶやきに、彼が、えっまじで、絶対食べたほうがいいよ、と、かなり驚きながら、飲み物なんかと一緒に買ったものだった。

確かにおいしい、と、セックスの前に食べたときにも思ったことをまた思う。ほどよい酸味があるし、バランスが絶妙って感じがする。

コンビニでの彼は、さっき結婚の話をされたあたしよりも、よっぽど驚いてたよな、まああたしも内心は驚いてるんだけど、と考える。

「ねえ、こっち来てよ」

彼がベッドの中から言う。どうやらもう一度セックスをするらしい。待って、と言って、あたしはティッシュで、べたつく指をふく。おそらくこれが、あたしたちの、最後のセックスだ。

うまく驚いたりうまく求めたりするのを
みんなどこで習うの

お雑煮――あなたの歴史

付き合って五年になるが、お正月を一緒に過ごすのは、実は初めてのことだ。

もともと家族仲が良くないわたしは、ここ数年帰省していない。対照的に家族愛も地元愛も強い浩輔は、夏とお正月の年に二回の帰省を欠かさない。たまには長めの旅行でもしたいのに、と以前は思っていたが、最近はもうとうに慣れていた。美帆も来ればいいじゃん、うちの家族喜ぶし、と誘われたこともあったが、すっかり公認であるとはいえ、まだ結婚していない身でそれもためらわれた。

ところが大みそかの昨日、帰省予定だったはずの浩輔が急に電話をかけてきた。

「帰れなくなっちゃったよ。親父、コロナになったんだって。新幹線も全部キャンセル」

それで、わたしの部屋にやってきたのだ。

初めてとはいっても感動は薄い。あくまでも日常の延長という感じだ。そういえばやっているテレビ番組がいつもと違うな、くらい。毎年年越しそばもおせちも用意していないのだが、浩輔に、こんなに年末年始感がないなんて、むしろいさぎいいな、と笑われてしまった。いさぎいいかはわからないが、毎年、さして感慨もなく過ごしているのは確かだ。普段はなかなかできない大掃除をやるのと、あとは気が向けば初詣に行ったり、予定が合えば友だちに会ったりもするが、それだけ。

「あー、めっちゃ寝た。今何時？」

目を覚ました浩輔が、こちらに話しかけてくる。浩輔はいつも寝起きがいい。しばらくぼうっとしてしまうわたしとは、こんなところまで違う。

「九時二十分」

三十分ほど前に目を覚ましていたわたしは、ベッドからは出ていたものの、特に何をするでもなく過ごしていた。ようやく起動できそう、という感じ。

「九時過ぎかー。あ、あけましておめでとう」

「あけましておめでとう」

年越しの瞬間にも交わしていた挨拶を、また交わす。

「なんか食べに行く？　っていっても、あんまり店やってないか」

「お雑煮あるよ。お餅準備するのに、少し時間かかるけど」

わたしの言葉に、え、と浩輔が驚く。

「いつ作ってたの？」

「昨日。浩輔が来る前」

「この部屋に正月らしいものがあるとは思わなかった」

「お餅好きだから。ちょっと待ってて」

まだ少し重たく感じる身体を動かし、すぐ近くの台所へ行く。汁は準備しているので、お餅を焼くだけだ。

「そんなにお餅好きだっけ」

狭い部屋なので、どちらかが台所にいても普通に会話はできる。

「超好きだよ」

「知らなかった」

「あ、でも、パックの切り餅だけどね。お餅いくつ？」

「えー、どうしよう。じゃあ、三」

「三ね。わかった」

わたしは二だから、合わせて五だ。フライパンに並べると、ぎっちぎちになる。

浩輔も起きてきて、トイレで用を足してから、わたしの横に並ぶ。

「フライパンで焼くんだ、お餅」

「レンジのグリル機能でもできるけど、はりついちゃいそうだから」

「っていうか、四角いな」

「え、四角でしょ」

「いや、実家は丸いやつ」

「え、そうなんだ」

静岡は丸餅文化なのか、丸餅って食べたことあったっけな、と思いながら、フライパンの上の白いかたまりたちを見守る。浩輔が部屋に戻ってテレビをつけている。

自分の分しか考えていなかったので、今食べれば鍋の中は半分以下に減ってしまいそうだ。またあとで作ろうかな、浩輔に作ってもらえばいいかな、野菜はどのくらい残ってたっけな、などと思いつつ、お餅の一つをひっくり返してみると、いい具合に焼き色がついている。他のものも同様だった。

テレビから笑い声が聞こえてきて、どうやらお笑い番組かなにかがやっているらしいとわかる。

「あとで初詣行こうよ」

浩輔にそう誘われる。

「いいよー。どこがいい？」

「どこでもいいけど。美帆は毎年どうしてんの？」

「行ったり行かなかったり。行くときは、近所の。多分浩輔は行ったことないと思う。超ちっちゃい神社。駅の反対側の。歩いて二十分くらいかなあ」

「せっかくだから、明治神宮とか行くのは？」

「え、めっちゃ混んでるんじゃないの？」

「どのくらい混んでんのか見てみたいじゃん。体験っていうか」

昨日の年越しの瞬間にも、どうせなら浅草寺でも行こうよ、と言っていた。冗談かと思っていたが、あれは半ば本気だったのか。

「あんまり混んでるのはいやだ」

言いながら、すまし汁が入った鍋のほうの火を止める。鶏肉、かまぼこ、大根、人参、ほうれん草が入っている。三つ葉はあまりに高くなっていたので買わなかったが、こうして浩輔と食べることになるなら、買っておいてあげてもよかったな、と思う。

小さな丼に入れて一つずつ運ぶと、うまそう、と浩輔が嬉しそうな声をあげた。

「いただきます」

「いただきます」

向かい合い、お雑煮を食べる。初めてのお正月だ、とまた思う。

「うまい」

浩輔が言った。

「よかった」

わたしは答えながらも食べ、やっぱりお餅が好きだな、と思う。

「こういうのあんまり食べないから新鮮。うまいな」

「こういうの？」

浩輔の言葉に疑問を感じ、訊ねる。

「実家のは、白味噌なんだよ。それもまあうまいんだけど」

「え、丸餅で白味噌って、関西じゃないの？」

前にテレビで見たことがあるのを思い出し、そう言った。

「ああ、そうなのかも」

「なんで？　二人とも静岡育ちでしょ？」

二人というのは、浩輔の両親だ。どちらも静岡で生まれ育っているというふうに聞いている。

「ばあちゃんが京都だからかなあ。あ、親父の母親ね。京都の呉服屋さんの娘だったみたい」

「京都の呉服屋さん？　それ、めっちゃお金持ちじゃん」

「いや、そんなこともないし、とっくにたたんでると思うけど。ばあちゃん、十人きょうだいの八番目とかで、別に後継ぎとかでもないし」

「え、十人きょうだいってすごいね。なんか、次々と新情報が出てきて、びっくくり」

「俺が生まれてすぐに亡くなってるからね、ばあちゃん。でもそうだな、雑煮は関西風なのかも」

自分で言って、納得したように、二回頷く浩輔を見ながら、まだ知らないことがたくさんあるんだな、と思う。

実家では、丸餅で白味噌のお雑煮を食べていたんだ。

京都の呉服屋さんで育った、十人きょうだいのおばあちゃんがいたんだ。

汁を飲む浩輔が、いつもと少し、違って見える。

知らない家に生まれて、知らない家に育って、だけど東京で会えて、こうやって、付き合っている。お正月を一緒に過ごしている。

「あれ、どうしたの」

箸を止めているわたしに気づいて、浩輔が言う。

「歴史に思いを馳せてた」

「はは、なんだそれ」

すまし汁がなくなったら、今度は白味噌でお雑煮を作ろう、とわたしは思う。白味噌のお雑煮を食べてみたい。きっとわたしが作る味は、浩輔が食べてきたものとは違うけれど。スーパーに白味噌は売っているだろうか。とりあえず食べ終えたら、初詣だ。

「いい年になるといいね」

わたしは言う。ええ?　と少し笑ってから、そうだな、と浩輔は言った。

まだ出会う前の話を聞かせてよ
時間ならいくらでもあるから

ツナマヨ丼――ふたりぼっち

さんま、いわし、さば、とり、タイカレー。

いつものように、上から下まで、ひととおり棚を眺めてはみるけど、今日はもうこれだなって、来る前から決めていた。

「おれ、カレーにするわ」

反対側にいた森下くんが、レトルトカレーの箱とごはんのパックを持って、こっちにやってくる。

「あたしはツナマヨ」

そう言ってツナ缶を一つ持つと、森下くんは、それ好きだなあ、と言って、少し笑った。

「だっておいしいんだもん」

あたしも少し笑って答える。昨日のお昼も夜も、ツナマヨだった。マヨネーズはまだたっぷり残っているので、家から持ってきている。もちろんここにだってたくさんあるけど。

「どこで食べる？」

「どうしよう。森下くんはどこがいい？」

「家帰ってもいいし、ここでもいいけど」

「じゃあ、ここにしようか」

ここのコンビニには、イートインスペースがある。かたくってあんまり好きな感じのイスじゃないんだけど、たまになら、別にいい。

「あ、スプーンもいるんだ。レジでもらわなきゃだめかな」

「こっちにあるよ」

あたしはスプーンの袋を一つとる。水色とかピンクとか白のが、たくさん入ってるやつ。

そのままイートインスペースに行きかけてから、やっぱり飲み物も、と戻る。ペットボトルがたくさん並んでいるケースを開ける。ジュースが飲みたい、と思ったけど、ぬるいジュースはおいしくない。麦茶にした。ぬるい麦茶もそんなに好きじゃないけど、ぬるいジュースよりマシだから。森下くんも、同じ麦茶をとった。あたしたちがとった分、少なくなる麦茶のペットボトル。

おかしはどうしようかな、と一瞬迷ったけど、家にもまだ、スーパーから持ってきた分がたくさんある。本当はアイスが食べたいな、と思いながらスペースに行く。

並んで座った。ここからは外が見える。今日はくもり。

「いただきます」

「いただきます」

ごはんのパックを分け、森下くんはレトルトカレーを、あたしはツナ缶を開けていく。

ツナ缶の中に、マヨネーズをたらし、こぼれないように優しくスプーンで混ぜる。少しして、全部ちゃんと混ざったときに、あたしはあることに気づく。

「忘れてた」

そう言って、売り場のほうへ戻り、あたしは刻みのりを見つけ出す。なかったらどうしようと思ったけど、ちゃんとあった。戻ると、あたしが持っているものが何かわかったようで、森下くんが言う。

「のりなんてなくてもいいじゃん」

「ダメだよ。あるのとないのとで、味が違うんだから」

そう言ってから、今の言い方、なんかママに似てたかも、と思う。そう思ったことでちょっと泣きそうになったけど、我慢した。ツナマヨをごはんにかけ、のりをのせる。

完成したツナマヨ丼を、スプーンで食べる。やっぱりおいしい。森下くんの食べているカレーの匂いがすごいので、少しだけカレーを食べているような気分にもなる。

「そういえば、前にツナ缶が」

森下くんがそう言う。

「うん」

「あれ、ごめん、まちがった」

「そっか」

あたしはそう答えてから、きっとまちがえたんじゃない、と思う。

多分森下くんは、ツナ缶の思い出を持ってる。家族なのか、友だちなのか、親せきなのか、お家にいたココって名前の猫なのか、どれと関係してる思い出なのかはわかんないけど。でもやっぱり、話すのはやめようって思ったんだ。話したら、自分が泣いちゃうからかもしれないし、あたしが泣いちゃうって思ったのかもしれない。あたしもそういうことがたくさんあるからわかる。

だってもう、あたしたちには、何もない。

家族も友だちも親せきもペットも。全部消えてしまった。いきなり。

あの日、何があったのか、あたしたちにはわからない。ただ、小学校から家に帰る途中、目を開けていられないくらい、空がまぶしく一瞬だけ光って、また目を開けると、他の人たちは誰もいなくなっていて、道路の車も全部なくなっていた。とにかく走っているうちに、同じように走っている森下くんに会った。あれはちょうど二週間前。家のカレンダーに、×印をつけていっているから、日にちはわかる。時計も動いてるし。

今まで森下くんとは、単に同じクラスってだけで、そんなにしゃべったことがなかったけど、今はずっと一緒にいる。寝るときも、どっちかのお家で寝てる。そうしないと怖いし、急にいなくなっちゃうかもしれないから。

あたしは首を曲げて、あたしたちが入ってきたほうを見てみる。自動ドアは動かなかったから、森下くんが、家から持ってきたトンカチで割った。あたしは怖くて、少し離れた場所から見ていた。なかなか割れなかったけど、何回か繰り返すうちに、聞いたことのないくらい、ものすごく大きな音がした。見る前に、割れたんだとわかった。でも開いた部分はそんなに大きくなくて、ガラスがささりそうだから、すごく気をつけながら一人ずつ入る必要がある。出るときだって同じだ。ガラスのかけらは、今もたくさん、ドアのところにちらばっている。多分ずっと。

あたしが自動ドアを見ているのがわかって、森下くんもそっちを見た。

「電気って、どうやったら使えるんだろ」

森下くんが言った。何回も言ったことのある言葉。だけどいつだって、あたしにその答えはわからなかった。わかったらどんなにいいだろう。今だって。

電気は、空がまぶしく一瞬光ったときから、もう使えない。ガスも。家のガスコンロも、森下くん家のガスコンロも、火がつかない。鍵が開いていた、知らない人のおうちもそうだった。水道は使えてる。水は出るし、トイレも流せる。だけどある日突然使えなくなったりするのかもしれないと思う。飲むのはミネラルウォーターがあるからいいけど、お風呂はどうしたらいいんだろう。それにお水が使えても、どんどん冬に近づいていく。そしたら今みたいに、お水のシャワーじゃ寒くて洗えない。

これからどうしたらいいのか考えると、楽しい気持ちには全然ならない。つらいことばっかり。だけど二週間前にくらべると、泣くことは少しへったと思う。二週間前は、本当に一日中ずっと泣いていたから。今もおやすみする前には少し泣いちゃうけど、泣かない日だってある。

あたしたちはこのまま大人になれるんだろうか。大人になったら、あたしと森下くんは結婚するんだと思う。だって他に結婚する人がいないから。あたしが七才で、森下くんが八才だから、大人になるまではあと十年以上。それまでしっかり生きていけるんだろうか。

「食べ終わったらまたたんけんな」

「うん」

あたしは答える。森下くんは、もうカレーを食べ終えたみたいだ。あたしのツナマヨ丼は、まだ半分くらい残ってる。

たんけん、という言葉にはワクワクする。だけど何を探せばゴールになるのかわからない。知らないおうちに入るときはいつも、そこに誰かがいるところを想像してみる。その人が新しい仲間になってくれたらいいなと思う。知ってる子だったらもっといい。でもいつも、想像は本当にならない。

あたしは大きな窓ごしにくもり空をにらんでみる。もう一度光れ、と思う。でも空には雲がたくさんあるだけ。

今までを思い出しても
これからを考えててもかなしくなった

この作品は書き下ろしです。

幻冬舎文庫

●好評既刊
真夜中の果物《フルーツ》
加藤千恵

久々に再会した元彼と飲むビールの味、男友達と初めて寝てしまった夜の記憶、不倫相手が帰っていった早朝の電車の音……。三十七人分のせつない記憶を一瞬ずつ切り取った短編小説+短歌集。

●好評既刊
その桃は、桃の味しかしない
加藤千恵

高級マンションに同居する奏絵とまひるは、同じ男性の愛人だった。奇妙な共同生活を送るうち、奏絵の心境は変化していく。恋愛小説の新旗手が「食」を通して叶わない恋と女子の成長を描く。

●好評既刊
いびつな夜に
加藤千恵

気になっていた男友だちに結婚を告げられた夜、着るたびにまだ好きだと思い知らされる元彼のTシャツ、日常のふとした瞬間に揺れる恋心を鮮やかに切り取った短歌と恋愛小説集。

●好評既刊
この街でわたしたちは
加藤千恵

王子、表参道、三ノ輪、品川、荻窪、新宿、浅草――。東京を舞台に4組のカップルがテーブル越しに繰り広げる出会いと別れ、その先を描いた珠玉の恋愛短編集。読み切り官能短編も収録。

●好評既刊
そして旅にいる
加藤千恵

心の隙間に、旅はそっと寄り添ってくれる。北海道、大阪、伊豆、千葉、香港、ハワイ、ニュージーランド、ミャンマー。国内外を舞台に、恋愛小説の名手が描く優しく繊細な旅小説8篇。

あなたと食《た》べたフィナンシェ

加《か》藤《とう》千《ち》恵《え》

令和6年3月10日　初版発行

発行人――石原正康
編集人――高部真人
発行所――株式会社幻冬舎
〒151-0051東京都渋谷区千駄ヶ谷4-9-7
電話　03(5411)6222(営業)
　　　03(5411)6211(編集)
公式HP　https://www.gentosha.co.jp/
印刷・製本―株式会社　光邦
装丁者――高橋雅之

幻冬舎文庫

ISBN978-4-344-43365-6　C0193　か-34-6